loqueleo·

MI VIDA DE RUBIA

D. R. © del texto: Flor Aguilera García, 2008
D. R. © de la ilustración de portada: Patricio Beteo, 2014
Primera edición: 2014

D. R. © Editorial Santillana, S. A. de C. V., 2017
        Av. Río Mixcoac 274, piso 4, Col. Acacias
        03240, México, Ciudad de México

Segunda edición: mayo de 2017
Tercera reimpresión: agosto de 2019

ISBN: 978-607-01-3485-2

Impreso en México

www.loqueleo.com/mx

 SANTILLANA·

Mi vida de rubia
Flor Aguilera

loqueleo

Viva la juventud,
con tal de que no dure toda la vida
CHATEAUBRIAND

L'Oréal, porque tú lo vales
ANÓNIMO

A Leire Aguilera Kelly:
veo en ti todo lo que a tu edad
a mí me hubiera gustado ser

Desde el principio

Del cuaderno rojo de Pamela
San Miguel de Allende, 5 de julio, 2006

"¿Es más importante que una niña sea bonita o inteligente?",
le pregunté a Jennifer cuando yo tenía cinco años.

Ella me respondió rápidamente lo que supongo que cual-
quier buena madre contestaría a una hija de espíritu curioso y
de apariencia más bien chistosa. Al poco tiempo descubrí que
me había mentido.

"Silencio", me dijo el abuelo —algunos años después—
mientras discutíamos sobre algo que ya no recuerdo. "Es me-
jor que lo aprendas de una vez: las mujeres deben ser de cabe-
llos largos e ideas cortas". Al día siguiente fui a la peluquería
de la esquina de su casa y les pedí que me cortaran la cola de
caballo. Mi abuelo se enojó tanto que me dejó de hablar du-
rante mucho tiempo. Entendí entonces que el peor pecado que
podía cometer era rebelarme en contra de lo que se esperaba
que fueran las aspiraciones sanas de una jovencita, o sea: no
ser una molestia para nadie y verme lo más bonita posible.

Abro los ojos y los cierro nuevamente. Estoy ahora en ter-
cero de secundaria en la clase de Literatura del profesor Clavé:
"Los más trágicos serán siempre los personajes femeninos".
Me cambio de asiento y estoy en segundo de prepa, pero sigo

escuchando las voces que me reclaman mi condición: "Ay, monstruosa feminidad", repite un coro griego de voces ausentes, compuesto por los fantasmas de tías, abuelas y bisabuelas resignadas, traicionadas, exiliadas y silenciadas. Yo las debo de llevar en mi sangre, pero me rehúso a tener un destino similar al suyo.

Si le preguntas a alguien por mí, o sea, por Pamela Montes Campbell (como las sopas), la mayoría de la gente de mi escuela respondería: "¿Quién?", así que hoy tomé una decisión. En el mundo que habitamos, el amor entra por los ojos, y yo pienso convertirme en alguien que los demás puedan amar con facilidad. Ahora sé que mi camino será el de la dieta y las clases de spinning, un look súper fashion, el brassier "push up", un bronceado perfecto y mis blanquísimos dientes cepillados tres veces al día para poder siempre sonreír ampliamente.

Si me sigo atreviendo a mirar al mundo con interés, debo fingir desinterés y desconocimiento del exterior, no vaya a ser que alguien se sienta menos inteligente que yo. No hay nada menos sexy. No voy a bajar nunca más la mirada porque sólo leeré Vogue y siempre se lee de frente. Tendré los ojos vacíos pero las cejas bien depiladas y el rímel perfectamente bien puesto. Seré absolutamente adorable.

Flor Aguilera

I

Hoy en la mañana me encontré con mi famoso cuaderno rojo. Era el cuaderno en el que yo escribía cuando algo importante me sucedía (la verdad no era muy a menudo) o cuando pensaba o descubría algo que yo consideraba digno de recordar en el futuro. Mi cuaderno llevaba dos años guardado en una caja de cartón, entre todas las que aún no hemos desempacado. Me gustó mucho encontrármelo, leerme y así descubrir cómo pensaba en ese momento. Aunque lo que describía allí fueron cosas que sucedieron hace apenas dos años, cuando estaba saliendo de segundo de prepa y todavía vivía en San Miguel de Allende, siento que dentro de mí ha pasado una eternidad desde entonces.

Sin embargo, creo que en ese cuaderno hay una historia digna de narrarse. Algunos ya la conocen porque la vivieron junto a mí, pero creo que tal vez a ti te podría interesar.

Pero, ¿cómo podría empezar esa historia?

Tal vez por el lugar en el que me encuentro ahora y lo que pienso de todo eso que he vivido; pero dicen por allí que siempre es mejor iniciar un relato desde el principio, y creo que en mi caso ese principio es el lugar de donde provengo...

Yo nací dentro de una pequeña y extraña familia mexicana-estadounidense que vivió hasta hace relativamente poco en San Miguel de Allende, Guanajuato, México. Mi familia está compuesta por mi padre Alex, mi madre Jennifer, y nuestro perro Tolstoi, un labrador color miel. Cuando lo compramos de cachorrito le pusimos así porque mi padre es un lector compulsivo de novelas rusas del siglo XIX.

Mi madre es lo que muchos llaman una hippie, una *comegranola* total. Sí, aún existe esa especie rara de ser humano que, aunque nada tenga que ver con sus raíces o su cultura, decide vestirse de huaraches y huipil para estar más "en sintonía" con la Tierra. No se rasura las axilas ni las piernas, porque eso es antinatural. Usa el pelo muy largo y muy canoso, mezclado con mechas cafés, naturales por supuesto, con raya en medio. Es vegetariana, sólo consume productos orgánicos y era ecologista aun antes de que ese término se utilizara por muchos. Ama a los animales, las plantas y las flores y les habla como si fueran personas. Utiliza con frecuencia la palabra "burgués" como algo terrible, pero aun con los burgueses es extremadamente amorosa. Dice que todos somos seres de luz y le reza a Buda, a Krishna, a Jesucristo, a Mahoma y a la Guru Mai. Cree en el feng shui, en el I-Ching, toma flores de Bach, sabe leer el tarot y medita todas las mañanas.

Antes de conocer a las mamás de los otros niños de mi escuela, yo creía que todas las madres del mundo eran como la mía. Ahora sé que es todo lo contrario. Mi madre es única. Es pintora, hace cerámica (todos nuestros platos y tazas son creaciones suyas) y ama el arte, la naturaleza y el amor. Nació en Wisconsin, pero a los dieciocho años, al graduarse del *high school* público local, decidió que no quería ir a la universidad estatal y se puso a trabajar de mesera en un *diner* (café) hasta que ahorró lo suficiente para irse a dar un rol por el mundo, bueno, más bien por las Américas. Cuando llegó a San Miguel se enamoró del lugar y luego de mi padre y decidió que allí quería pasar el resto de su vida. Lo que yo aprendí de toda esta historia es que cuando te enamoras todo puede cambiar en tu vida y que por ese amor estarás dispuesto a sacrificar algo. Algo, tal vez, que en su momento te pareció ser realmente importante.

Mis padres nunca se casaron. Fue decisión de mi madre porque creo que a él le daba exactamente igual. Ella dijo que el amor debe ser libre y que casarse es un ritual anticuado y machista. Es la venta legal de la mujer, dice ella, de su identidad. Además, decidir permanecer juntos a través de la libertad es un acto de valentía y de verdadero amor.

Cuando cumplí trece años me dijo que, si quería, la podía empezar a llamar por su nombre. También inventó todo un ritual de pasaje de la niñez a la juventud, como los católicos hacen con la confirmación, las judías con el Bat Mitvuá y las tribus africanas con ceremonias de iniciación para las chicas y chicos. Así, me hizo ponerme un vestido blanco, nuevo, de manta, y cantó algunas canciones (un poco de góspel, de música hindú y algunos rezos budistas) y me metió en una tina con agua llena de pétalos de rosas rojas y miel que puso en el jardín. Desde ese momento cuando me refiero a ella con otras personas digo "mi madre", pero cuando me dirijo a ella la llamo por su nombre.

No conozco a su familia. Al parecer, eran granjeros que no tenían mucho que ver con ella, ni con su forma de pensar ni de ver al mundo. A lo mucho, cuando sus parientes se sentían generosos, la consideraban "un espíritu libre". Alguna vez cuando era chica, le pedí que me llevara a conocer a su familia y me dijo que lo haría cuando creciera. Pero, al enterarse de que sus padres habían muerto y de que uno de sus hermanos menores, a quien quería especialmente, enfermó de leucemia y murió a los diecisiete años, ya no vio ninguna razón para volver a Wisconsin y declaró que tenía en mi padre y en mí toda la familia que necesitaría jamás.

Jennifer y Alejandro se conocieron en una fiesta, en un bar de jazz en San Miguel, donde Jennifer trabajaba de mesera. Mi padre estaba de paso, pero se enamoró tan perdidamente que terminó quedándose a vivir con ella. Cinco años después nací yo.

De niña, sólo hablaba inglés porque mi madre me enseñó su idioma antes que el español. Me cantaba canciones de cuna y practicábamos el abecedario mientras me recitaba libros del Doctor Seuss que se sabía de memoria. Cuando entré a la escuela, al ver que mis compañeritos hablaban otro idioma y no conocían las mismas canciones que yo, decidí que a partir de ese momento sólo hablaría en español. Ahora ya recuperé el inglés, pero me costó mucho trabajo porque tenía un impenetrable bloqueo por ese episodio de mi infancia, cuando me sentí como marciana al ser tan diferente de los demás. Mi nombre en español de hecho no suena muy bien, pero a mi madre le gusta muchísimo porque así se llamaba su tía Pamela o Pam, la hermana de su padre. Pamela, de muy joven, se fue a vivir a París para aprender a pintar y le escribía cartas a mi madre, en las que narraba todo lo que veía y vivía, y ella la adoptó como su heroína de carne y hueso.

Alejandro es ingeniero civil y llevaba años trabajando —supuestamente feliz— en San Miguel y en los pueblos aledaños, sobre todo en hoteles, *spas* y arreglando los desperfectos en las casas de los amigos.

Me da ternura mi padre proviene de una familia completamente antihippie e hizo un verdadero esfuerzo por integrarse a la vida de mi madre siendo quien era. Mis abuelos son súper "fresas" y viven en San Ángel. De más chica los fui a visitar en varias ocasiones y ellos visitaron San Miguel un par de veces. Cuando iban, siempre se quedaban en hoteles y cuando nosotros viajábamos a la ciudad, también; sucede que mi madre y mis abuelos no se quieren mucho. Eso nunca me inquietó, más bien me pareció chistoso.

II

Una noche en la que cenábamos los tres: madre, padre e hija, como lo hicimos durante diecisiete años en nuestro pequeño comedor en San Miguel, platicábamos de cualquier cosa mientras comíamos un nuevo platillo, cien por ciento orgánico, preparado por Jennifer con mucho amor. De pronto, Alex interrumpió la conversación y anunció que le habían ofrecido trabajo en el Gobierno del Distrito Federal y que, si aceptaba, nos mudaríamos a la Ciudad de México en un par de semanas. Al principio me sorprendí tanto que no supe qué decir. Mi cabeza comenzó a dar vueltas y a imaginar todo lo que podría ser yo en la "gran ciudad". Así fue como surgió la primera idea. Decidí que estaba frente a mí la oportunidad que necesitaba. Asistiría a una escuela nueva, en una ciudad donde nadie me conocía y donde podría inventarme la identidad que yo quisiera. Ante la posibilidad me puse muy feliz.

Siempre me había considerado a mí misma como una chava "x", como cualquiera que no volteas a ver o que nunca ves realmente. No recuerdo jamás que alguien me haya preguntado en qué estaba pensando, supongo que porque se imaginaban que recibirían como respuesta alguna fórmula matemática. Aunque suene extraño, desde que tengo uso de razón no recuerdo haber tenido nunca amigas verdaderas. De ésas a las que les cuentas todo y con las que te ríes a carcajadas y te aprecian como eres, tal cual. A veces platicaba con Cecilia y Mar, que estaban conmigo en la escuela desde la primaria, pero no podría decir que eran mis amigas porque no me conocían realmente y yo tampoco puedo decir que las conocía. Desde que entramos a la prepa no volví a sus casas ni ellas a la mía. La nuestra era, tal vez y a lo mucho, una amistad interesada, que implicaba discutir las tareas y las preguntas que vendrían en los exámenes y a veces sentarnos juntas en el recreo, pero creo que tanto ellas como yo sabíamos que nos decíamos amigas sólo para no tener que estar solas. Me da un poco de tristeza cuando pienso en ellas ahora. A lo mejor debí esforzarme más y acercarme, quizás hubiera descubierto que son gente bien padre.

Antes del día en que Alex dio aviso del cambio a la Ciudad de México, gozaba de mis últimas vacaciones de verano como chica preparatoria. Leía libros de Biología, de Anatomía y algunos de Historia. Estaba clavadísima con una novela sobre la ciudad de Londres que se llama *London The Biography* de Peter Ackroyd, un escritor e historiador. Me encantó la idea de que una ciudad fuera un ente vivo, con una historia, una biografía. En mi caso, San Miguel es como un viejo amigo, como ésos a los que no valoras hasta que están lejos de ti.

Pasaba mis días pensando siempre que el año que me esperaba sería el más importante de mi vida, porque allí se definirían mis opciones universitarias. Hasta ese momento mi única aspiración era sacar buenas calificaciones para entrar a una buena universidad y luego tener una carrera exitosa como médico. Mientras tanto, mi camino era el de no meterme en problemas y permanecer poco visible para los demás.

Siempre me ha gustado mucho leer y en esas épocas leía cualquier cosa que la vida me pusiera enfrente, en especial cualquier cosa relacionada con el cuerpo, historia de la medicina o la salud.

Desde niña quise estudiar medicina. No, en realidad debo aclarar ese punto: siempre quise ser médico. Cuando era niña, pasaba horas mirando mi cuerpo, intentando descifrar qué era lo que significaba el "yo" de cada quien. No sabía si en mi caso eran mis pies porque con ellos podía caminar, si eran mis manos porque con ellas podía tomar cosas y hacerlas mías y porque me habían dicho en el kínder que las manos, precisamente las manos, y mi dedo pulgar eran lo que me diferenciaba de la mayoría de los animales. Además, con mis manos podía escribir, dibujar y sentir lo que tocaba. Sin embargo, después descubrí que tal vez ese "yo" era mi boca, porque con ella podía comer, comunicarme con los otros y así sobrevivir.

De pronto se me ocurrió que tal vez "yo" era mis ojos, porque con ellos podía ver el mundo y a través de ellos entraba el conocimiento, pero sobre todo porque con ellos me reconocía en el espejo como individuo. Pero al final de muchas tardes de reflexión decidí que no podía ser ninguna de las partes del cuerpo que conocía, ninguno de mis sentidos, porque había personas en el mundo que vivían perfectamente bien y, es más, que lograban grandes cosas sin uno o más de sus sentidos y sin el uso de sus extremidades, como Stephen Hawking, mi ídolo y el autor de *El universo en una cáscara de nuez*, mi libro preferido.

Entonces, llegué a la conclusión de que había algo más que estaba en todos nosotros —que nos hacía únicos—, que nos permitía sentir, pensar y convertirnos desde el nacimiento y hasta la muerte en "una persona".

Un día, a los nueve años, mientras ayudaba a mi madre a preparar una ensalada, me corté el dedo índice con un cuchillo. Decidí no ponerme una curita para ver cómo, poco a poco, la piel sanaba sola. Hasta tomé fotos del proceso, llevé un registro de la herida. Me impresionó muchísimo ver cómo la herida se cerraba, entonces empecé a pensar que había algo dentro de mí que le ordenaba al dedo curarse, sin que yo fuera consciente de ello. Pasaba lo mismo con mi respiración, con los latidos del corazón y con la digestión. Fue desde ese día que empecé a obsesionarme con el cuerpo humano, buscando esa parte que sana y que enferma a la gente; entonces decidí que descubrirlo sería mi misión en la vida. Sería médico para ayudar a las personas a encontrar en sí mismas esa parte autosanadora.

Pero a lo largo de ese último año, empecé a creer que todas esas reflexiones e ideas eran realmente inútiles en un mundo donde lo material es lo único que valoramos y deseamos realmente ver. Para ser doctora y después tal vez una gran psiquiatra, tendría que esforzarme muchísimo durante muchos años. Entre la licenciatura en Medicina, el internado y el servicio social, más el tiempo que durara la especialización en Psiquiatría, pasarían por lo menos trece años. Mientras esto sucediera, no tendría vida social. Fácilmente podría llegar a los treinta siendo una solterona amargada, así que tendría que tomar cartas en el asunto y rápido. Ése era el momento clave para cambiar.

Las mujeres que todos admiran son las actrices, las modelos o las cantantes pop, que poco tienen que ver con el bienestar espiritual o físico de los demás. Las chavas que todos aman tienen senos enormes y grandes sonrisas blancas y piernas doradas, delgadas y largas como Giselle. Ni las científicas, ni las grandes intelectuales, ni tampoco las madres teresas del mundo causan jamás tanto furor como una modelo.

Antes de salir de la escuela por las vacaciones de verano, había leído en la biblioteca, en la revista *Psychology Today*, algo que me impactó mucho y que reforzó mi teoría sobre los terrícolas. Se había llevado a cabo una encuesta en varios países del mundo, donde se preguntaba a miles de mujeres si preferirían tener un peso más bajo o un IQ más alto. Sesenta y siete por ciento de las mujeres respondió que preferiría lo primero. Eso habla de que la autoestima de las mujeres depende básicamente del número que marca la báscula. Para una chica más bien inclinada hacia lo científico, y por ende hacia el realismo, fue una lección muy importante que no he podido olvidar.

Los seres humanos, a pesar de considerar que pertenecen al siglo XXI, porque así lo dictamina el calendario que inventaron —un siglo civilizado, heredero de grandes e iluminados pensadores y de avances tecnológicos increíbles—, siguen, o más bien seguimos, viviendo en la era de la prehistoria.

Realmente no ha cambiado nada. Todos de alguna forma u otra somos cavernícolas bien vestidos.

III

Cuando Alejandro nos "habló" a Jennifer y a mí en esa cena sobre la posibilidad de irnos a México, se notó a la legua que ellos ya lo habían discutido y que más bien querían planteármelo a mí como pregunta en vez de aviso, porque querían seguir pensando que éramos una familia bien democrática y que "aquí todos tenemos voto en las decisiones familiares". Creo que les preocupaba mi reacción y cuando, emocionada ante las posibilidades infinitas de cambio en mi vida insulsa, dije: "Está bien, yo voto porque sí nos vayamos", creo que les sorprendió mi falta de tristeza por dejar la casa, la calle y el pueblo en el que había pasado mi corta vida. Ellos siguieron hablando de los planes y de todo lo que se tendría que hacer antes de la mudanza. Para entonces yo estaba ya un poco distraída con mis pensamientos. En mi cabeza pasaban muchas cosas, pero todo estaba mezclado con la escena que había visto en la calle unas horas antes.

La escena es la siguiente, inolvidable, dolorosa y a la vez inspiradora: Ximena, en el convertible de Dago, dándose un beso apasionado mientras yo estaba parada allí, como tonta en mi bicicleta, a un lado de ellos, sin querer mirarlos, pero a la vez fascinada al ver cómo "los otros" pasaban sus vacaciones de verano.

Quería saber qué sentía Ximena al estar con el chavo más increíble del universo, en un Mini Cooper *black and white*, escuchando a Linking Park y sintiendo esos labios que la besaban con tanta pasión.

Dago, además de ser el más guapo de todos los guapos de diecisiete años de la Tierra, es un chavo muy inteligente, tan inteligente que, a pesar de su edad, yo lo llamaría brillante. Era el segundo en calificaciones de toda la clase y ni siquiera se esforzaba como yo, y yo siempre quedaba en tercer lugar. Es un gran atleta: corre, nada, juega futbol, básquet y beis y además salió en la obra de teatro de la escuela. Sus padres han de pensar que dieron a luz a un mesías o algo así.

Para personas como Ximena o Dago —su verdadero nombre es David Gorman—, la gente como yo somos el público que existe únicamente para aplaudirlos, porque toda gran obra de vida necesita del artista, pero mucho más del espectador. Sus amigos son los extras, pero ellos dos son los protagonistas.

Debo aclarar que ninguno de ese grupo es "mala onda" y no se burlan de nadie; ése no es el rollo en mi escuela activa. Llevábamos años juntos y supuestamente nos respetábamos con nuestras diferencias. Pero aun así las clases estaban claramente divididas entre los *rechas* (rechazados) y los *popus* (populares). Todo lo que nos enseñaron, de que hay un lugar en el mundo para cada tipo de personalidad y "viva la diversidad" es absolutamente falso en la práctica. En la realidad de esa escuela, como en el mundo entero, existen los fantasmas, los que caminan con la cabeza agachada ya sea porque tienen un libro detrás del cual esconderse o porque tienen poca personalidad.

Yo me mantuve siempre al margen de todos por igual, pero acepto que siempre admiré en secreto a Ximena y a sus amigas, porque me parecía que vivían la adolescencia como si fuera una visita a un parque de diversiones. Siempre se estaban riendo. Siempre se la pasaban tan bien. Siempre se veían tan bonitas usando los colores de la temporada, el pelo perfectamente lacio y el brillo sutil de los labios con los que le sonreían a la vida.

Yo nunca me reía. No, eso no es cierto, a veces me reía a solas en mi cuarto cuando leía algo chistoso, pero en general, en la escuela, mi cara estaba siempre seria y mis ojos miraban intensamente el piso. Sólo, muy a veces, miraba a la gente cuando no se daba cuenta. No fuera a pasar que lo advirtieran y pensaran que los admiraba o que me intrigaban. Especialmente NUNCA miré a Dago a los ojos, ni siquiera cuando fue mi compañero en el laboratorio de Química en quinto. Seguramente pensó que era una chava rarísima y malhumorada, a comparación de la buena onda de sus amigas, que siempre estaban de buen humor, al igual que todo su feliz *crew*, como le dicen ellos a su banda de amigos.

IV

Antes de partir a la Ciudad de México, había un caótico frenesí premudanza en mi casa. Jennifer estaba enloquecida metiendo libros en cajas de cartón y sacando triques inservibles al jardín para la gran venta de garaje. A ella le gusta hacer las cosas sola y a su manera, así que evidentemente yo era un estorbo y por eso me pidió que saliera "a pasear".

Mi madre había decidido que teníamos demasiadas cosas y anunció que debíamos aprovechar la oportunidad para deshacernos de gran parte de ellas. Lo único que me pidió que hiciera fue tomarme un minuto para hacer un examen concienzudo de lo que ya no necesitaba. Le di mis juguetes de infancia, que guardaba como mis tesoros, para regalarlos al centro de acopio para niños pobres del estado y escogí la ropa que ya no quería, también para donarla. Le di casi todo. Pensaba que eso de deshacerme de viejos recuerdos y hábitos para empezar de cero me ayudaría en mi plan de llevar a cabo mi *extreme makeover*.

Mientras mi madre trabajaba sin parar, y terminaba el día exhausta, yo empecé con la primera parte de mi transformación: la mental.

Hace tiempo leí en algún libro bien hippioso de mi madre que cuando alguien mantiene pensamientos positivos, de forma sistemática, sobre algo que desea en verdad, es muy probable que le suceda eso que tanto anhela. Y si lo dice en voz alta todos los días, como un decreto, es más fuerte aún. No hay pruebas científicas para comprobar esta teoría, y, sin embargo, decidí ponerla a prueba. Pensé que si la mente tenía la posibilidad de sanar tejidos complejos, tal vez también podría influir sobre el mundo exterior.

Pasé las siguientes semanas visualizando, como decía en el libro, todas las cosas que deseaba para mi vida. Deseaba ser bonita, o mejor aún, como no sabía qué significaba eso de manera científica, deseaba ser atractiva para los demás; deseaba ser amada y popular. Anhelaba que los chavos que me gustaran me voltearan a ver y me desearan. Ansiaba tener el tiempo y el dinero para viajar por el mundo, conocer lugares exóticos y comprarme ropa linda cuando fuera grande.

Para saber más sobre lo que significaba ser atractiva, me impuse la tarea diaria de realizar investigaciones —con método científico— sobre las preferencias de los hombres y sobre la estética en el siglo XXI. Mi investigación me llevó a un análisis exhaustivo de las revistas de moda y de chismes de gente famosa, de los programas de dizque "realidad" en la televisión, de las páginas con fotos para hombres en internet, de algunas películas que pasaban en la tele y de las personas que caminaban por el mercado y la plaza central de San Miguel. En las conclusiones no había muchas sorpresas para mí. Casi todas las cosas que vi eran evidentes desde antes, pero como buena científica debía probar mis hipótesis antes de considerarlas como verdades contundentes.

Las siguientes son las conclusiones de la investigación que desarrollé:

1. *Aún en el siglo XXI, sigue siendo cierto que las chicas rubias se divierten más.* Y mucho más en mi país porque las rubias verdaderas son las que más escasean. Es una cuestión de oferta y demanda y también del racismo que predomina en mi sociedad. Si tienen el pelo largo, mejor aún, porque entre más diferentes a los hombres sean, y más exageradas las diferencias, más gustarán.[1]

2. *Cuanto más muestres, mejor venderás la mercancía.* Esto se debe al hecho de que los hombres son seres absolutamente guiados por lo visual y, en Occidente, por la economía de mercado.[2]

3. *No hay necesidad de ser interesante ni misteriosa, ni de tener una plática inteligente cuando los hombres se acercan a ti.* Sólo hay que ser linda, hacerles preguntas sobre ellos, sonreír mucho, ser comprensiva y aparentar estar siempre divertida con lo que dicen o hacen. En cuanto a conocimientos, lo único que hay que saber es qué está sucediendo y qué está de moda en la música y en el cine.[3]

---

[1] Cantidad de rubias *vs.* morenas que aparecen en la edición especial de la revista *People*, "La gente más hermosa del año".

[2] Análisis de la moda en varias revistas como *Vogue* y *Elle*.

[3] Conclusión derivada de escuchar una conversación, de una cita entre dos miembros del *crew* en una cafetería.

4. *La regla de oro de las abuelas sigue vigente: "No hay que dar demasiado, ni demasiado pronto".* Hay que tomarse su tiempo, darse a desear. Hay llamadas que no se deben contestar aun cuando una se muera de ganas, ni aceptar una invitación si no es con anticipación, para no dar la impresión de que no se tienen otras invitaciones; al principio —para evitar el problema de género— hay que fingir que hay una agenda repleta de citas con hombres guapísimos e interesantísimos contra los que ellos tendrán que competir por tu valioso tiempo, y más aún por tu afecto. Eso aumenta tu valor en el mercado.[4] Después, cuando ya eres novia de alguien, deberás ser todo lo contrario: colmarlo de atenciones y asegurarle que no hay nadie más en el mundo. Suelen perder la seguridad fácilmente y los celos de los hombres son una pesadilla.

5. *Hay que mantener el cuerpo delgado y firme, pero sin parecerse al verde Hulk, con músculos abultados y marcados.* La delicadeza femenina sigue siendo importante. Hay que ser fuertes pero aparentar fragilidad. Según una encuesta, los hombres, por naturaleza, buscan mujeres sanas que puedan dar a luz a bebés sanos. Sin embargo, como ahora nadie quiere responsabilidades, como tener hijos, las anoréxicas con *look* de heroinómanas son las más exitosas y admiradas.

Flor Aguilera

---

[4] Artículo de la revista *Cosmopolitan*, mayo 2005, "Las reglas a seguir: cómo conquistar al hombre de tus sueños". Basado en el libro *The Rules* de Ellen Fein y Sherrie Schneider.

[5] De la revista *Quo*, especial sobre el sexo.

6. *El sexo vende* TODO *y los hombres son capaces de hacer muchas estupideces con tal de tenerlo.* Poder tener sexo me parece que es visto como la mayor recompensa que existe. Por eso trabajan, en eso piensan cada 7.3 segundos[5] y por eso hacen ejercicio, comen bien y se compran coches caros. Todo con el propósito de mejorar sus posibilidades sexuales.

7. *El amor romántico, aunque lucha por su supervivencia, está en absoluta decadencia.* Ya no es el anhelo principal de los seres humanos masculinos. Me atrevería a decir que es manejar una Hummer, o algún coche igualmente enorme, vestirse con ropa Diesel o Prada —dependiendo del estilo de chico que sea—, salir con mujeres guapas y ser visto como alguien poderoso gracias a su éxito económico.

8. *Dios es quien proporciona los premios de los concursos de belleza, de la Academia —y demás concursos de cantantes y bailarines en la tele—, de los Óscar, Grammy, Emmys, e incluso de los premios* TV *y novelas —o de cualquier revista de chismes—.* O sea que Dios está del lado de los bellos y por lo menos medianamente talentosos. Aunque en el mundo de la ciencia, cuando alguien gana el Nobel, no le agradece a Dios.[6]

9. *Sólo en México: el setenta por ciento de las ofertas de trabajo piden que la mujer tenga por lo menos "excelente presentación"; en algunas incluso piden que sea "delgada" o "talla 7 como máximo".* Esto, en trabajos que nada

Mi vida de rubia

---

[6] Cantidad de veces que se le agradecía a Dios en los concursos de belleza y en entregas de premios.

tienen que ver con modelar, actuar, edecanear o algo similar, sino en empleos administrativos o secretariales. En Estados Unidos o Europa eso sin duda sería considerado discriminación. Aquí en México es una práctica común. Aun para conseguir trabajo, una cuestión fundamental es tu apariencia física.

Tras establecer y entender las conclusiones de la investigación, el siguiente paso era planear una estrategia puntual. Tenía mucho que hacer para convertirme en una chava guapa y popular.

En una hoja de cálculo en mi computadora empecé a hacer la lista y los cálculos de cuánto costaría mi *makeover* definitivo. La buena noticia era que tenía los ahorros suficientes para llevar a cabo mi plan, gracias a todos esos años de domingos ahorrados, de todas las chambitas que hice desde los quince años, de escribir los trabajos de la escuela para mis compañeros. Mucho dinero estaba acumulando en mi cuenta por no gastarlo en ropa, maquillaje, CD o en salidas o antros. En realidad yo era una hija muy barata: encontraba siempre los libros que quería leer en la biblioteca de la escuela o en mi casa, así que nunca tuve que comprar un libro, y bajaba la música que quería escuchar de LimeWire, en internet. No tenía millones de pesos, pero seguramente tenía mucho más que muchos de mis compañeros de clases, pues seguro se gastaban de inmediato lo que les daban sus papás.

El dinero es una cosa muy extraña. Desde niños nos enseñan que es algo muy valioso, que no hay que desperdiciarlo, que hay que ahorrar, que la gente trabaja mucho para obtenerlo. Es como si el dinero lo guiara todo, como si fuera el motivo para levantarse cada mañana. Según yo, el verdadero motivo para levantarse cada mañana tiene muy poco que ver con el dinero y mucho que ver con lo que hagas para que siga latiendo tu corazón, para seguir aquí en esta Tierra viendo y viviendo, amando a los que amas, haciendo algo de provecho.

De más chica me despertaba cada mañana con el firme propósito de expandir mi mente para llegar a ser alguien importante que sirviera a los demás con el conocimiento que había adquirido. Después empecé a despertarme soñando con ser alguien que los demás, y no sólo gente de mi propia sangre, amaran en verdad.

Adiós a la recha

V

Había llegado el momento de partir. Recuerdo que fui a dar una última vuelta en bici por mi ciudad, me detuve en una heladería al aire libre a un lado del zócalo para comerme lo que seguramente sería mi último vasito de pétalos de rosa: mi helado favorito. Vi a una parte del *popu crew* sentada en una mesa. En ese momento sentí alivio al saber que no tendría que volverlos a ver, a tal grado que tuve una gran urgencia por llegar ya a la Ciudad de México e iniciar mi nueva vida. Escuché que estaban planeando irse a la playa antes de que empezara la escuela y platicaban de una fiesta a la que iban a ir esa noche en casa de Ximena. Ninguno me miró jamás; ni siquiera reconocían mi presencia. Pensé también en ese momento que si se me hubiera ocurrido hacer este mismo plan de autotransformarme en San Miguel nunca lo habría llevado a cabo. Me habría dado pena llegar a la escuela y ver a la misma gente de toda la vida y que me vieran tan diferente. Nadie me lo habría creído. Ser popular era una cuestión de esencia en mi escuela, o nacías *in* o no lo serías nunca. Allí sólo hubiera sido vista como una imitación chafa de Ximena. Pensaba que en la ciudad nadie sabría que yo no había sido una guapa y súper *in* desde siempre, que no había nacido así. Un pretexto bueno para haberlo hecho en San Miguel habría sido si, por ejemplo, hubiera pasado un año en París, como mi tía abuela Pam, o como en esa película que vi el otro día con Jennifer, donde Sabrina, el personaje principal, es la hija del chofer de una gran casa y está enamorada del hijo del dueño sin que él jamás la voltee a ver. Sólo cuando Sabrina se va a París y regresa guapísima y sofisticada con un nuevo look, el chico por fin se fija en ella, porque ya habla francés y usa ropa sofisticada.

De los cuatro miembros de la familia, Jennifer era la que se veía más triste por la mudanza. Miraba su jardín y su hortaliza con los mismos ojitos húmedos con los que Tolstoi me mira de repente. A veces cuando lo he notado así, me trato de imaginar qué podría poner a un perro tan triste, pero nunca logro pensar en nada. Alejandro, sin embargo, estaba, como yo, de tan buen humor y tan emocionado con su nuevo trabajo que todo el día tarareaba canciones de los Beach Boys.

Esa noche revisé todos los papeles que tenía que tirar antes de la gran mudanza y me encontré una foto de mi salón en primero de primaria. Me acordé por primera vez en muchos años de que en el kínder todos nos llevábamos muy bien. Empecé a recordar cómo jugaba con Ximena y Dago en la alberca de arena. Construíamos ciudades con cubos enormes en el salón y nos sentábamos horas a pintar o a hacer dibujos juntos. En esos tiempos todos éramos iguales. Lo *in* y lo *out* no existía. Trato de recordar cuándo fue que todo empezó a cambiar y no puedo identificar un día o un momento en específico. Creo que fue justo antes de que entráramos a la secundaria cuando empezamos a convertirnos en seres sexuales. Allí las mujeres guapas empezaron a llamar aún más la atención y nos anularon a las demás. Supongo que tendrá algo que ver con la ley de la supervivencia de los más hermosos.

VI

Dos días antes de que llegaran los de la mudanza, mi madre quiso hacer un *barbecue* vegetariano de despedida y en la noche llegaron algunos vecinos y amigos de mis padres. Me preguntaron si yo quería invitar a alguien y no supe qué contestar. Me dio pena que se dieran cuenta de que, a pesar de haber vivido allí toda mi vida, no tenía de quién despedirme. Cuando llegaron los Sánchez, con su hijo Pablo, Jennifer me llamó y me pidió que me ocupara de él. Yo puse cara de tremendo fastidio, pero salí a recibirlo. No sabía de qué hablarle, tenía la cabeza llena de tantas cosas —mi transformación y mi vida en México— y la verdad es que entretener a un chavo con el que nunca había platicado, a pesar de que lo conocía desde niña, era lo peor que me podía suceder en ese momento. Cuando salí al jardín, él estaba parado solo, mirando el cielo, y me dio risa. Pensé que tal vez era tan tímido que prefería mirar hacia arriba para evitar entablar conversación con alguno de los presentes. Igual que yo, un poco. Me vio acercarme pero siguió mirando el cielo y cuando estaba ya muy cerca me dijo: "Allí está Casiopea, se ve perfecta, mírala.

Marte está por allá". Me señalaba con el índice cada una de las constelaciones y planetas visibles. Miré el cielo con él un rato y luego fui por algo de tomar. Al regresar le extendí un vaso de ponche que tomó de mi mano.

Finalmente bajó la mirada, y cuando me vio completa me sonrió. Pablo iba un año arriba de mí en la escuela y aunque no había sido de los popus, era respetado porque tocaba en una banda de rock. Se acababa de graduar y por su look desenfadado, yo sospechaba que él no hacía nada más que dedicarse al rock and roll. Entramos a la casa juntos. Me empezó a preguntar sobre la mudanza y sobre cómo sería mi vida en México, a dónde iría a la escuela y cosas así. Me dijo que él quería ir a México a estudiar en el Conservatorio Nacional de Música, pero que trabajaría todo el año para ahorrar lo suficiente y rentar un departamento, ya que no le alcanzaba con lo que tenía, aunque lo compartieran entre varios. Dijo que sus papás le pagarían la carrera pero nada más, a menos que decidiera quedarse y estudiar en Querétaro o en algún lugar vecino y que optara por una carrera "normal". Yo no le platiqué nada de mi transformación porque habría pensado seguramente que estaba loca. Entre más lo veía, más y más guapo me parecía que era, aunque confieso que desde que me sonrió me pareció mucho más guapo de lo que recordaba. No estaba en la misma categoría de "guapo perfecto" como Dago, pero tenía algo diferente y sus ojos estaban llenos de vida. Era muy seguro de sí mismo, como si le bastara estar solo con sus pensamientos para divertirse.

Me empecé a poner un poco nerviosa, porque no sabía qué más hacer para entretenerlo; le dije algunas adivinanzas y acertijos que él contestó rápidamente, lo que me sorprendió. Me había imaginado siempre que, como no era nerd ni tampoco popular, sería más bien tonto y sin espíritu. Me da pena aceptar lo prejuiciosa que fui siempre con la gente.

Me preguntó por el estudio de mi madre. Dijo que se acordaba mucho de una vez en la que entró de niño y vio a mi madre pintando un cuadro; el olor de la pintura y la música que estaba escuchando lo impresionaron muchísimo. En el tercer piso de la casa mi padre había construido, hacía algunos años, un estudio muy grande para que ella tuviera un espacio propio en donde pintar a gusto y sin interrupciones. Le dije que estaba todo empacado, incluidos los libros y las cosas que mi madre utilizaba para pintar. Me preguntó si podría verlo y le dije que sí. Subimos y, al abrir la puerta, ya no había nada: sólo quedaba una grabadora viejita conectada a la pared. De pronto entendí el dolor de mi madre al tener que partir y dejar el mundo que había construido, que ella tanto amaba, y me dieron ganas de llorar. Pablo encendió la grabadora. Empezó a sonar una canción de Simon and Garfunkel que se llama "The only living boy in New York". Es muy suave y muy bonita. En ese piso enorme, vacío y un poco sucio, él se puso a bailar muy despacio. Sentí dolor en el estómago al verlo allí, como si estuviera viendo un cuadro extraordinario. Me quedé así un rato, pero como no sabía qué más hacer y a él no parecía incomodarle mi presencia, me puse a bailar yo también. Bueno, lo mío no era precisamente un baile "baile", sino que daba vueltas como niña chiquita hasta que me mareaba y entonces empezaba a dar vueltas hacia el otro lado. Sonó otra canción. Pablo se quedó parado mirándome, se acercó y me tomó de las manos. Dimos vueltas juntos, y para no caernos, puso sus pies entre los míos. Estallé en carcajadas. El sonido de mi risa y la suya, y el eco que formaban en ese espacio vacío, me sorprendió muchísimo. Terminamos tirados en el piso riéndonos todavía y después él se acercó a mí, sin quitarme los lentes, y me dio el primer beso de mi vida. Estuvimos así un rato, besándonos, y luego bajamos a tomar más ponche, como si nada hubiera sucedido. Me gustaron sus labios, eran muy suaves, y, aunque besaba con fuerza; no me sentí nerviosa, como si hubiera pasado una vida entera besando gente y ese acto fuera igual a jugar ping pong o a comer tacos. Nos unimos a la fiesta y seguimos platicando toda la noche. Me contó sobre cómo se sentía salir de la escuela. Me dijo que era padre, pero que de pronto daba un poco de miedo. Ya eras responsable de todo lo que hacías y decidías. Sólo tú.

Estábamos en el porche cuando sus papás le dijeron que ya se iban. Me pidió que le anotara mi correo electrónico y dijo que me escribiría.

La doble vida de Pamela

VII

Llegamos a la Ciudad de México y recuerdo perfectamente mi primera impresión. Sentí que nunca había visto la ciudad tan bonita, sofisticada y llena de promesas. Tal vez sucedió porque la miré llena de ilusión. Los abuelos se portaron muy amables. La abuela en la cena enfatizó que se habían hecho algunos cambios en la casa para acomodarnos mejor y que esperaba que el tiempo que permaneciéramos allí nos sintiéramos realmente en casa. Me gustó que mi cuarto diera hacia la calle y que tuviera mucha luz. Era de color durazno. Mi madre estaba muy callada y mi padre hablaba y hablaba, feliz. De pronto, en un día, todos los roles habían cambiado.

Al llegar descubrí, o más bien recordé, muchas cosas de mi infancia y de mis visitas entonces. La casa de los abuelos era un lugar de adultos con muchas reglas y donde la abuela no permitía que nadie cambiara nada de sitio. La decoración era muy sobria, oscura casi, y aunque al regresar a los diecisiete y mirarlos con otros ojos ya no me molestaron tanto, cuando era niña los cuadros tan oscuros con sus crucifijos y enormes marcos dorados, me daban un poco de miedo. Mis abuelos eran rígidos en su apariencia y en su forma de ver el mundo, su casa lo reflejaba. El jardín era tan perfecto que no se te antojaba salir a caminar o a jugar o incluso a echarte a tomar un poco de sol. Desde que llegamos dijeron que Tolstoi no podía salir al jardín porque se comería las rosas. Lo tuvieron encerrado en un cuarto de servicio durante varias semanas, hasta que convencí a mi abuela de que lo dejara estar en nuestro lado de la casa.

Casi de inmediato busqué a la abuela para preguntarle sobre algunos de los lugares que me interesaban para mi transformación. Por ejemplo, el salón de belleza y algunas de las tiendas de ropa. En realidad, todo encajaba perfecto porque al salón podía ir caminando. Los abuelos me prohibieron andar en bici porque, según dijeron era demasiado peligroso hacerlo en la ciudad; acordé con la abuela que le diría con días de anticipación a dónde me gustaría ir y cuándo, para que me llevara el chofer del abuelo. Mi madre me miraba curiosa cuando pasaba por la sala y me veía sentada platicando con la abuela. Casi al final de nuestra conversación le dije que quería ir al salón de belleza al día siguiente y me preguntó si me iba a "rapar" de nuevo. Le sonreí y dije: "Para nada, abuela, creo que te va a gustar el cambio". Creía que también, en cuanto me convirtiera en alguien más socialmente aceptable y que mi aspecto mejorara, mi relación con la abuela cambiaría para bien. Mi abuela, como las reglas de su casa, es muy estricta y clasista, pero entiendo ahora que es por la forma en la que fue educada. Yo sé que estaba muy desencantada por el hecho de haber "perdido" a su único hijo por una gringa hippie que lo alejó de ellos, pero el que Alex regresara a la ciudad para realizar un trabajo digno y bien remunerado, que implicaba tenerlo muy cerca, la tenía feliz. Me imaginé que ella también estaría más relajada conmigo e intentaría llevar una amistad, ya que era su única nieta, sangre de su sangre, y más aún si me convertía en el tipo de chica que le gustaría presentar a los demás como su linda nietecita. Al final de la cena, antes de que cada quien se fuera a su cuarto, me dijo que me acompañaría al salón al día siguiente y que después me llevaría a comer y de compras. Creo que no confiaba en mí.

Al día siguiente, de camino al salón, la abuela me dijo que había pensado también llevarme a su oculista para ponerme lentes de contacto, lo cual me dio mucho gusto, porque si ella lo pagaba sería un gasto menos y tendría un poco más para ropa y accesorios. Quedamos en ir a conocer mi nueva escuela en la tarde después de mi corte de pelo, de la comida y de ir un rato a ver tiendas.

VIII

Me veía muy bien. Me veía tan diferente y tan bien que me miraba constantemente en el espejo para asegurarme de que en verdad era yo. Mi pelo dorado en capas y el maquillaje que me habían puesto como prueba, y que mi abuela me había comprado en el salón de belleza, me daban un aspecto completamente distinto. Claro, seguía siendo yo, pero muy cambiada, con otra actitud incluso. Esa nueva yo me gustaba mucho. Pensaba muchas cosas al mirar mi reflejo. ¿Qué diría Dago si me viera así? ¿Le gustaría? ¿Dejaría a Ximena por mí?

Habíamos ido después a algunas tiendas de ropa, pero el gusto de la abuela y el mío no tenían nada que ver y rápidamente nos dimos cuenta de eso. En vez de pelearnos, dimos la expedición por terminada.

Mi nueva escuela estaba padre. Era grande y con mil salones, un patio para deportes y jardines alrededor. Hablamos con la directora, que conocía bien a mi abuela, y ella mandó llamar a su vez a la secretaria para que le entregáramos todos los papeles de mi antigua escuela. Me dijo que estaba segura de que encajaría muy bien y me anotaron en el área de Ciencias y Matemáticas. Con mi nuevo look sentí que no sólo me veía mejor sino que la gente reaccionaba de manera distinta a como lo hacía antes. Más amables, por supuesto. Faltaban dos semanas para que empezaran las clases y aún había muchas cosas por hacer. Los lentes ya no iban con esa imagen y aunque casi no veía nada, desde que salí del salón ya no quise usarlos. Cuando estábamos frente a la directora de la escuela la abuela me miraba complacida. Regresamos a casa y mi madre sólo dijo que no entendía cómo una "chica de diecisiete años" se querría pintar el pelo. Los productos químicos de los tintes eran sumamente dañinos no sólo para el pelo sino también para el medio ambiente. Mi abuela respondía: "Sí, sí, todo lo que quieras, pero la niña se ve preciosa". Mi papá incluso comentó que me veía muy linda. "Quién habría pensado que íbamos a tener una *blonde bombshell* en la familia" y me abrazó con fuerza. Por primera vez me sentí mucho más cercana a la burguesía que al grupo de los *comegranola*: el mundo deslavado, hipersensible y sin chiste de mi madre.

Cuando hizo su comentario sobre el daño al medio ambiente de los químicos y del provocado por el "rubio cenizo" de L'Oréal Preference, empecé a sentir pena ajena y a verla un poco con los ojos de mi abuela.

IX

Las dos semanas pasaron rápidamente entre visitas a tiendas a comprarme ropa y útiles escolares, una visita al dentista para que me blanquearan los dientes y otra al oculista. Los abuelos opinaban que era imprescindible que tuviera coche. Por lo pronto, el abuelo dijo que me prestaría uno para que pudiera ir sola a la escuela. No estaba muy lejos de la casa, pero ellos no soportaban la idea de que me fuera en camión o caminando. Fuimos a sacar mi licencia y practiqué la ruta varias veces antes del primer día de clases. Mi madre estaba en completo desacuerdo con que me dieran un coche, pero se tuvo que guardar sus opiniones porque los abuelos lo habían decidido ya. Yo siempre había ido en bici a la escuela, pero eso era en mi vida pasada; aquí, al parecer, sin coche no podías hacer nada. El coche era un clásico lanchón de viejitos, pero la verdad es que no me podía quejar. Alex ya había empezado a trabajar y regresaba a contarnos a todos sobre su día laboral a la hora de cenar, siempre muy entusiasmado. Mi madre seguía calladísima cuando estábamos juntos, o sea, en presencia de los abuelos; siempre que la veía ella estaba leyendo el periódico buscando departamentos en la sección de Aviso Oportuno o hablando por teléfono para saber precios. Yo creía que apenas me miraba, que después de mi pelo rubio ignoraba todo lo referente a mi proceso de transformación, pero una tarde en la que estaba en mi cuarto tirada en la cama leyendo una novela que me había prestado el abuelo, tocó la puerta, se acercó y se sentó en la cama a mi lado. Empezó a hablar en inglés, cosa que casi nunca hacía, pero me imagino que sentía la necesidad de expresarse en su lengua, lo cual me dio a entender que quería decirme algo que para ella era importantísimo. "Pam, *honey*, yo sé que este cambio es difícil para ti y de verdad siento mucho lo que dije sobre tu pelo. Te ves muy bonita. Pero lo que quiero que entiendas es que me molestó tanto porque ahora te ves como cualquier otra chica. Eso es lo que me preocupa. No quiero ver que dejas de ser tú misma con tal de encajar en este nuevo ambiente. No quisiera que dejaras de ser la niña inteligente, analítica e inquieta que siempre has sido y que te pierdas en esta ciudad. Siempre has sido tan auténtica y mírate ahora. Hay muchas cosas con las que te vas a topar que tal vez sean atractivas para ti, porque son novedosas, pero no olvides quién eres, *my little girl*".

Mi respuesta a su discurso, que me sigue dando vueltas en la cabeza hasta el día de hoy, fue simplemente: "*I'm not a little girl anymore*". Jennifer me miró entristecida, se dio la vuelta y salió por la puerta cerrándola suavemente.

Sentí un golpe de tristeza, pero no podía dejar que nada ni nadie me confundiera. Ni siquiera mi madre, siempre tan idealista y tan fuera de la realidad. No quería ser como ella. No quería terminar en la situación en la que ella estaba ahora.

Bajé a buscar a mi abuela y le pedí que me prestara al chofer una mañana para ir a la Condesa a recorrer algunas tiendas de ropa de las que había escuchado hablar a Ximena y a otras chavas del *popu crew*.

En la Condesa encontré todo lo demás. Todo lo que aún me faltaba para completar el guardarropa de mi sueño. Me sentía extraña en un principio, con *skinny jeans* y blusitas que parecían más bien ropa interior, pero llevaba ya todo un look bien pensado basándome en los recortes de las revistas, así que sabía bien qué estaría de moda en esta temporada. Me compré también algunas cosas más casuales, unas playeritas entalladas, unos pants y varios tenis. El día antes de entrar a la escuela, la abuela me invitó a que saliéramos a tomar un café y allí me regaló un osito de oro con diamantes en una cadena muy linda. Le agradecí muchísimo el regalo y me lo puse de inmediato, a pesar de que sabía que a mi madre le molestaría mucho. Odiaba la joyería de oro porque decía que en las minas de oro los dueños explotaban terriblemente a los trabajadores. Les pagaban muy mal a los mineros, quienes a veces arriesgaban sus vidas para darles enormes ganancias a los patrones. Una vez me enseñó un libro de fotografía de un fotógrafo que se apellida Salgado, sobre los mineros. Cuando me levanté para ir al baño, me miré en el espejo y vi la cara de alguien más, una chava súper *in*, una chava que encajaría perfecto con el *crew*. Cerré los ojos y me imaginé la cara de Dago sonriéndome, tomándome la

56

Flor Aguilera

cara como lo había hecho Pablo la noche del *barbecue* y dándome un beso enamorado. Algún día, algún día, algún día, me repetía a mí misma en voz muy baja.

X

Aunque pensaba en Dago de vez en cuando, la verdad es que todos mis esfuerzos estaban dirigidos hacia el inicio de mi nueva vida. Entré a la escuela y desde el primer día me gustaron mucho las clases, aunque en mi área no había para nada lo que se pudiera llamar el factor cool. Sólo había un chico que me llamó la atención. Se llamaba Dante. Cuando entré a la primera clase de Física, las niñas me miraron como si estuviera en el lugar equivocado y vi que mi presencia les molestaba un poco. Ése era su sitio, esos chicos nerds eran sus amigos y de pronto había irrumpido en su grupito una chava que evidentemente sabía lo que quería, que no era tonta y además se vestía muy bien. Todos los maestros me miraban con atención y me trataban de maravilla, en especial los profesores varones. Por la forma en la que me trataban las chavas del salón, comprendí que la discriminación funciona de ambos lados de la balanza. Para la mayoría de la gente, las chavas guapas deben, naturalmente, ser muy tontas. Sería injusto si no fuera así. En esos primeros días estaba de pronto tan nerviosa que a la hora de descanso preferí quedarme leyendo en el salón en vez de ir sola al jardín donde me imaginaba que estaría el resto de sexto.

El jueves, al final de la clase de Derecho, se me acercó Lía mientras yo juntaba mis libros. Había identificado a Lía casi desde el principio, en el *homeroom* que compartíamos, como la líder del grupo de las chavas guapas de sexto. Vi que volteaba a ver a sus amigas mientras se acercaba a mí, con cautela, a interrogarme. Me preguntó sobre la escuela de la que venía, dónde había comprado la blusa que llevaba puesta, dónde vivía, etcétera. De mi pasado respondía lo que me imaginaba que respondería Ximena en tal situación, y al parecer funcionaba. Lía era exageradamente bonita. Tenía el pelo largo color castaño claro, perfectamente alaciado, con luces de tono miel. Seguramente era talla cero y traía puesto un conjunto blanco de minifalda y saco a la cintura de Abercrombie (pág. 14, revista *Seventeen*, n° 975). Era muy segura de sí misma y actuaba como chica ruda con todos menos con los que deseaba quedar bien. A mí me convenía entrar a su grupito lo más pronto posible, así que me esforcé por ser linda, pero siempre aparentando estar súper cool y relajada. Lo único que le saltó a Lía fue que yo estuviera en área 2 y no en Ciencias Sociales, así que le dije que había un error y que pronto lo arreglarían. A la mitad de esa primera conversación llegó a interrumpirnos una chava de lentes y pelo grasoso, vestida con ropa tipo Walmart, con una camisa de cuadritos y jeans viejos que le llegaban hasta el cuello. Era algo que seguramente yo habría usado en mi vida pasada. El acné le desfiguraba las mejillas y la nariz, y no se le veía la cintura por ningún lado. Quería preguntarle a Lía sobre el proyecto semanal de la clase de Historia. Lía se volteó, le hizo un gesto con la mano y le dijo: "A la mano, *monkey girl*" y le dio la espalda. Al principio no entendí qué era lo que le había dicho Lía a la pobre nerd, pero después supe que se refería a la frase *Talk to the hand*, traducida al español, lo cual es aún más cool. Después de que la *monkey* se retiró, Lía siguió con nuestra sesión de preguntas y respuestas como si nada. Sus otras amigas, que estaban paradas cerca de nosotras, se murieron de la risa y la chava del pelo grasoso se marchó con la cabeza agachada.

Lía me contó que para los de sexto la escuela tenía una política de "puertas abiertas" y que en las horas libres se iba con sus amigas a plaza Loreto. Me invitó a ir con ellas al día siguiente. Al ver que Lía sonreía, sus tres amigas se acercaron. Había pasado la prueba. Me presentó entonces a Pola, Vania y Manuela. Pola inclinó la cabeza y se soltó una cascada de pelo oscuro, largo y rizado. Tenía los ojos azulísimos, una carita en forma de corazón, llena de pecas, y sonrisa de buena gente. Manuela era güera, súper sofisticada y estaba vestida impecablemente. Su modelo a seguir era Paris H. al cien por cien. Vania parecía no encajar del todo dentro de ese contexto de perfección estética. Su pelo negro, un poco crespo, apenas le llegaba a los hombros y enmarcaba una cara muy redonda y muy morena. Ciertamente sus reglas de buen vestir coincidían con los uniformes de catálogo de Bebe que lucían tan bien las otras, pero ni el porte ni la actitud parecían cuajar con las demás. Era interesante observarlas y saberme yo también observada y calificada. Me intrigaba saber qué calificación me pondrían. Al final de nuestra conversación, Lía parecía satisfecha conmigo. Se despidieron las cuatro y me dirigí inmediatamente a la dirección para pedir mi cambio de área.

La directora me miró un poco confundida. Me dijo que me esperara unos días para ver si no cambiaba de opinión; si mi intención era entrar a Medicina, el cambio a Ciencias Sociales podría ser una decisión muy desafortunada. Le dije que la medicina no me acababa de convencer y que quería darle la oportunidad a otras posibilidades en Humanidades. Salí de la escuela ese día con la sensación de que todo mi plan estaba funcionando, que todo iba muy bien. Cada día me sentía más segura de mí misma en este nuevo rol y me gustaba la escuela y las que serían mis nuevas amigas, porque me serían muy útiles. Estaba a punto de lograrlo. Al día siguiente empezaron las clases y mi integración al grupo de Lía, Pola, Vania y Manuela, mejor conocidas como las reinas, las súper WUAPAS. A la primera hora, cuando entramos juntas al salón, noté que todos los ojos estaban sobre nosotras; fue una sensación poderosísima. Ellas, sin embargo, actuaban como si nada ni nadie más existiera en el mundo y eso también me gustó. Me compartieron los chismes del momento, quién era quién y quiénes les tiraban la onda y con quiénes habían andado. Me explicaron a qué chavas habría que evitar porque eran unas zorras. Me incluían en sus planes futuros. Estaba dentro y era tan natural que casi no me la creía. Por momentos pensaba que tal vez había algo detrás de todo, que seguía estando a prueba, pero cuando llegaron algunos de los chicos populares a saludarlas y me presentaron con ellos, descubrí que algo en mí sí había cambiado. Al pertenecer al grupo de las reinas, de inmediato los chavos me trataban muy bien y se interesaban en hablar conmigo y preguntarme cosas. Todos decían que habían estado en San Miguel y que era un lugar súper chido. Las chicas me habían advertido que ninguno de los chavos de sexto les interesaba, que eran todos súper "tetus", "unos gonzos"; decían que saldrían con chavos de la Ibero, la Anáhuac y el ITAM. Sin embargo, había que tratarlos bien a todos para permanecer en el reinado. Darles la impresión de que cada uno era el consentido. Además de guapas éramos lindas con los hombres. Nunca había que ser groseras con ninguno. Y eso, más que nada, fastidiaba horriblemente a las otras de sexto porque todos los niños siempre nos defendían. Era el reinado perfecto. Les pregunté por Dante y me dijeron: "Es guapo, sí, pero es un freak, un *forever*". Se rieron al ver mi cara de no entender y me explicaron que fumaba marihuana.

Lía tenía un novio aún más grande que los demás chavos con los que salían Manuela y Pola, un director de cine, había dicho ella, pero Pola me aclaró después que sólo hacía comerciales. Me dijeron que tenía un departamento increíble en la Condesa, que era súper guapo y tenía treinta años, lo cual me pareció una barbaridad, pero que si estaba bien para Lía, y yo me imaginaba que ella era bastante exigente en cuanto a los hombres, yo no tenía nada que decir sobre el asunto.

Al salir de la última clase, que teníamos en común todos los de sexto, caminé con mis nuevas amigas al estacionamiento y vimos un Mustang amarillo que Manuela señaló como el coche del *dealer* de la escuela. Vi a un grupo, que incluía a Dante, alrededor del coche. "¿Qué les vende?", le pregunté a Manuela. "Marihuana y pastillas", me dijo. "Todos ésos son unos *losers*".

Formó una l con el índice y el pulgar, apuntó en dirección a Dante y amigos y les disparó.

Pola me pidió un aventón de regreso a San Ángel y en el coche me contó que Lía estaba tan flaca porque siempre vomitaba después de comer. Que me fijara cuando fuéramos a comer, cómo ella se desaparecería al baño al final de la comida y que no era precisamente para retocarse el maquillaje. Yo le dije que a mí me urgía bajar algunos kilos y ella me miró y dijo: "Sé de una dieta buenísima en la que bajas como cinco kilos a la semana, creo que con un par de semanitas te sentirás súper bien. Si quieres te la mando por mail en la tarde". Ellas se despedían siempre con dos besos, ésa era su onda para ser diferentes a los otros y además sentirse súper europeas, y así nos despedimos, hasta el día siguiente. Llegué a mi casa de muy mal humor, sintiéndome obesa, y al ver la comida servida en la mesa del comedor de los abuelos, me dieron náuseas.

XI

Empezaron a pasar los días, como un sueño extraño y pesado. Todo era nuevo y todo era motivo de asombro para mí. Las reglas del juego que había decidido jugar resultaron mucho más complicadas de lo que me hubiera imaginado. Poco a poco fui descubriendo que en el colegio había un código social, que, aunque no se expresaba abiertamente, todo el mundo conocía. Los *nubis*, o sea los nuevos, debíamos empezar a conocer este código después de algunos días de clases, si deseábamos sobrevivir en ese campo de batalla llamado preparatoria. Por ejemplo: en el recorrido matinal por los pasillos, podrías ser susceptible de ser elegido para la ley del hielo ese día. El encargado de elegir a la víctima era Monroe, como le decían todos a Sebastián, la contraparte de Lía, y el chico del cual todas las de cuarto y quinto invariablemente se enamoraban. Lía y Monroe habían tenido onda hacía un año, pero ella, como le encantaba repetirnos, se había graduado ya de los chicos de prepa y se iba a casar con Richie, el director de cine (comerciales).

La ley del hielo consistía en que nadie te dirigiría la palabra durante todo un día. El rumor sobre a quién le había tocado ser "congelado" corría rápidamente y pronto toda la prepa lo sabía. No sucedía cada semana o cada tercer día. El chiste era que Sebastián lo elegía cuando se le antojaba, sin estar sujeto a ningún calendario, y también para que nadie fuera a sospechar nada y evitar toparse con él durante toda la mañana. "El factor sorpresa", me explicó Manuela. Todos tenían que respetar la ley del hielo o si no también serían castigados. Las reinas, al igual que la mayoría de los popus, quedaban exentas del "juego".

Recuerdo bien que en el libro de texto de Ciencias Sociales de quinto decía que, de acuerdo con Maquiavelo —quien seguramente era el gurú de Monroe—, provocar miedo era la mejor manera de mantenerte en el poder. Monroe siempre era súper simpático conmigo, pero me imaginaba perfectamente que podría ser una ladilla insoportable y hacerle la vida imposible a alguno de los rechas.

Otra de las reglas consistía en que las mujeres del clan de las reinas, o cualquiera que quisiera ser medianamente deseable o popular, no opinaban jamás en clase, a menos que el profesor las pusiera contra la pared. Era bastante no cool. Eso de demostrar tus conocimientos se les dejaba a los nerds, a las *monkeys* o a las chachalacas, que podrían llevarse bien con los chicos como amigas, pero que no tenían para nada el espíritu sofisticado del clan de las temidas reinas. Había pugna entre las chachalacas y las reinas, eso me quedaba claro, porque eran chicas listas, mas no nerds, respetadas por los hombres porque no eran zorras y porque además se llevaban bien con casi todos. Las reinas las aborrecían y ellas aborrecían a las reinas.

Había otros grupos en mi nueva escuela además de las *monkeys*, las chachalacas, las zorras y los nerds. Existían por ejemplo, los *skaters* y los *forevers*. Los *forevers* se vestían como de los noventa, onda grunge o dark o heavy y se decía que fumaban mota todo el día, en cualquier parte escondida de la escuela, incluyendo el baño. Había chavas *forevers* también, pero eran pocas y más bien se consideraban freaks o darks o marimachas. Me empecé a dar cuenta de que las mujeres eran mucho más rudas que los hombres en cuanto a los apodos y a categorizar a la gente y que tenían un talento especial para burlarse de las demás.

Me contaron que había habido casos de niñas que no aguantaban la presión y se salían de la escuela. Ésas eran las peores *losers*. Se notaba que Lía, cuando hablaba de esas niñas que habían tenido crisis y por ello se cambiaron de escuela, se ponía como pavorreal. Ella tuvo ese poder sobre alguien.

Me decepcionó un poco el hecho de que el guapo Dante fuera entonces un *forever*, y mis nuevas amigas me habían dado a entender que no tenía por qué mencionar su nombre, aunque claro, debíamos ser lindas también con él (por lo del reinado y la competencia con las chachalacas). Al empezar a conocer los nombres con los que se referían a los demás, la constitución no escrita de mi escuela en San Miguel parecía cosa de risa, infantil casi, porque allí sólo existían dos grupos: los rechas o los popus y nadie se portaba grosero con nadie más. Si no eras de los popus simplemente eras ignorado por no ser cool, pero no te hacían groserías jamás y la ley del hielo nunca habría sido permitida.

Flor Aguilera

Después de adentrarme en este complicado mundo de grupos y subgrupos, no sabía qué sería peor: ser invisible o llevar un sobrenombre como *monkey* o chachalaca. Pero eso ya no debía preocuparme, ése era el problema de alguien más. Rápidamente había sido incluida en el grupo de las reinas.

Algunas semanas después de mi llegada, supe que había sido elegida tan fácilmente para integrarme a las principales protagonistas de los sueños de todos los hombres de la escuela, por una razón bastante sencilla. El club de las reinas siempre había existido como un quinteto, desde la secundaria, pero Hannah, la quinta integrante, estaba fuera de circulación. Tenían que ser cinco, porque como su onda era ser diferentes en todo, en la mayoría de las películas de *high school* gringas siempre las chavas guapas eran un cuarteto, así que ellas decidieron ser cinco. En cuarto, Hannah seguía siendo un poco *chubby* (regordeta) y aunque era muy amiga de Lía, la presión ejercida por parte de Lía para que bajara de peso la había llevado a hacer dietas y ayunos increíbles de días enteros. Había bajado tanto de peso que sus padres empezaron a vigilarla y, cuando se rehusó a comer, por fin la habían internado en un centro de rehabilitación para anoréxicas y bulímicas. Corrían rumores en la escuela de que sufría de una anorexia "fuera de control". Para las reinas, ser anoréxica era considerado bastante cool, sólo que era importantísimo que no estuviera fuera de control, al grado de que alguien, unidad paterna o materna en especial, se diera cuenta. Según Manuela, la manera de lograrlo era vomitando después de comer. Todas las modelos lo hacían y así a la hora de la comida nadie jamás sospecharía de nada. Ser gorda, incluso tan sólo un poco gordita, como sentí que me veían a mí, era algo completamente prohibido. Empecé la dieta recomendada y la seguí concienzudamente. A veces, me mareaba tanto del hambre que pensaba que me iba a desmayar, entonces me permitía masticar un chicle con azúcar para no sentirme tan mal. Mi meta sería bajar cinco kilos y después mantenerme allí, porque me daba mucho miedo terminar como Hannah.

Otra regla escolar, que algunos —como esa *monkey* que se acercó el primer día en el que hablé con Lía— ignoraban, era que ninguna chava le podía dirigir la palabra a alguna de las reinas a menos que fuera absolutamente imprescindible, porque si lo hacías, te arriesgabas a sufrir humillaciones públicas dolorosísimas.

Sin embargo, había un grupo de chavas que conformaban el rango social más bajo de la escuela, más abajo aún que las pobres *monkeys*. Las llamaban "las zorras": un grupito de niñas no feas, ni gordas, ni rudas, pero que los chavos maltrataban mucho. Nadie las tomaba en serio. No vestían mal y podrían haber sido confundidas por reinas porque algunas eran muy guapas, pero rápidamente me advirtió Lía que no había siquiera que hablar sobre ellas. Era denigrante para nosotras el sólo mencionar sus nombres porque estaban en un nivel muy por debajo. Me explicaron que las historias que los chicos les contaban sobre esas niñas eran vomitivas. Su papel en la escuela era darles placer a los hombres siempre que lo requerían. Muchas veces les pagaban. O por lo menos ése era el rumor. Yo no sabía cuánto era cierto o no, pero a veces las miraba y me trataba de imaginar cómo habían llegado a eso. De todas las chavas, incluyendo las *monkeys*, ellas eran las que me daban más compasión. Ay, monstruosa feminidad... Esas chavas no tenían idea de cuánto estaban perdiendo. Cosas que difícilmente lograrían recuperar en el futuro.

Otra regla más era que las reinas podían mantener conversación con cualquier unidad masculina, fuera *skater*, freak, nerd, gordo, flaco, con novia o sin novia. A veces los hombres podían ser muy útiles, ayudaban con los exámenes y fotocopiaban los apuntes para ti. Eran los esclavos de las reinas y todos, hasta los más populares, deseaban servir a sus monarcas. Era un honor. La recompensa para los *ultrageeks* era que, en el pasillo o en clase, las reinas les dirigían una sonrisa o decían algo lindo y entonces ellos sentían que eran la envidia de todos los demás hombres de la escuela. Sin embargo, sabían que éramos inalcanzables para ellos y así tampoco te asediaban o molestaban esperando algo más de ti.

Debo confesar que la idea de no tener que hablar con las demás mujeres me encantaba, porque la verdad es que las chachalacas me daban un poco de miedo, me intimidaban: eran chavas listas y si alguien pudiera descubrirme en mis mentiras sería una de ellas.

A veces llegaba a pensar que las mujeres éramos mucho más listas, pero también mucho más crueles que los hombres. En la escuela, por lo menos, la mayor parte del sufrimiento lo tenían que sobrellevar las de mi sexo.

Empezaron a pasar los días y en cuanto a las clases, en general, me iba bien. No eran demasiado difíciles y, de hecho, me gustaba mucho no tener que lucirme en clase o estar obligada a conocer la respuesta correcta siempre, porque eso ya no era lo que los demás esperaban de mí. Ahora lo que se esperaba de mí, en ese nuevo universo estudiantil, era que luciera bien, con el *outfit* adecuado y una sonrisa siempre bien puesta.

Mis esfuerzos en las tareas eran a lo mucho mediocres. Ya no le veía mucho sentido a estudiar o a esforzarme de más. Para las clases súper aburridas, como Administración, habría muchos nerds dispuestos a ayudarme. También, como el salón estaba lleno de *monkeys*, los profesores nos trataban mejor que a nadie y, según mis amigas, nos ayudarían a la hora de calificar.

La verdad es que de pronto sí me arrepentía de haberme cambiado de área porque extrañaba las materias y el reto que implicaban, pero, sobre todo, porque después de dos semanas ya empezaba a aburrirme con los eternos monólogos de Lía. Habría sido un alivio no tener que estar con las reinas cada momento del día, hasta para ir al baño.

Aunque tenía el look que iba perfecto con ellas, la forma y visión del mundo de Lía aún no lograban penetrar mi espíritu. Me sentía todavía más inteligente que ellas porque las había logrado engañar.

Un día, a la hora del descanso, mientras tomábamos un café en Loreto, me invitaron a un concierto y a una fiesta el fin de semana siguiente, o sea, dos semanas a partir de ese día. Era el concierto de Franz Ferdinand, una banda padrísima. La fiesta a la que iríamos después era de un amigo de Richie. Por supuesto dije que sí de inmediato, era importantísimo empezar a salir con ellas fuera de la escuela. Yo nunca les había pedido permiso a mis padres para salir en la noche, así que no se podrían negar. Necesitaba hacer amigas, tener vida social, como cualquier adolescente normal, e integrarme a mi nueva escuela, así que lucharía por conseguir el permiso, aun si tuviera que mentir.

XII

Esa tarde, cuando llegué a la casa después de clases, me metí a internet y revisé mi correo. En general, los únicos correos que recibía eran boletines electrónicos sobre lo que sucedía en diferentes centros de investigación en ciencias médicas de las universidades gringas, no me encantaba leerlos. Lo que más me gustaba era el lenguaje súper técnico que me llevaba a buscar en otros libros para entender. Es como estar leyendo algo con códigos secretos que tienen el nombre del lugar donde está escondido un tesoro. Así lo veo yo. Me parece muy divertido.

Esa tarde, a diferencia de todas las demás, había un mensaje de alguien real. Era un mensaje cortito y muy chistoso de Pablo, contándome de su trabajo en una tienda de computación, donde arreglaba las computadoras en la parte trasera. No me decía mucho, pero al final me puso lo siguiente:

> *Vas a decir que estoy loco, porque apenas te conozco, pero siento que te extraño. Escríbeme, ¿no?*
> P.

Le contesté de inmediato y los correos que empezamos a escribirnos todos los días se convirtieron en mi refugio secreto. Platicábamos de cosas muy distintas, desde la comida que más nos gustaba hasta de las cosas que odiábamos del mundo. Era un chavo muy inteligente, leía periódicos, sabía de todo lo que estaba pasando en el mundo y escribía sensacionalmente bien. Pero sobre todo me hacía reír muchísimo.

Yo no le podía contar sobre mi vida cotidiana, pero sí sobre quién era yo en el fondo de mi corazón. Me caía mejor a mí misma cuando le escribía a él que en cualquier otro momento del día, y él, a cambio, me sorprendía siempre y me hacía reír mucho. Para él era natural su simpatía, su buen humor y su factor "ultra cool". No tenía que fingir nada y eso me hacía admirarlo. A veces en clase me acordaba de alguna frase de Pablo y de inmediato el recuerdo me hacía sonreír.

XIII

Algunos días después de la invitación, empecé a hablar del concierto y de la fiesta a la hora de la cena. Lo hice de manera sutil para que no sospecharan cuántas ganas tenía de ir. La abuela dijo que era importante que empezara a tener "eventos sociales" y que un concierto sonaba divertido. Me preguntó por los apellidos de mis amigas y al parecer todos sonaban correctos. No tenía idea de lo que hacían las unidades paternas de mis nuevos amigos, así que les inventé historias para que los abuelos estuvieran satisfechos con su pedigrí. Me estaba convirtiendo en la niñita correcta que satisfacía a los abuelos en todo. Mi madre me miraba y sé que no me creía nada, pero poco me importaba, pues en esa casa las decisiones las tomaban los abuelos. Alejandro empezaba a llegar cada vez más tarde, estaba siempre trabajando y a veces no llegaba a cenar hasta las once. Se veía muy contento, aunque cansado y algo estresado. Jennifer siempre lo esperaba y se sentaba a acompañarlo a cenar. Esa tarde en la que empecé mi campaña de convencimiento para lograr ir a la fiesta del sábado de la siguiente semana, fui de compras con las cuatro chicas después de la escuela.

A veces hacía cálculos y me asombraba cómo podían llevar un ritmo tan impresionante de gastos y, aunque suponía que era subsidiado por sus padres, no entendía cómo a su edad podían gastar tanto a la semana en ropa, maquillaje y accesorios para estar siempre al último grito y no trabajar nunca. Ese día lo supe: Vania les regalaba muchas cosas. Ése era su rol dentro del grupo. Pagarles muy seguido la ropa que querían y algunas veces también maquillaje y otras cosas.

Manuela me explicó después que Vania no era como nosotras, ella pertenecía a una familia de *nouveaux riches*. Si no tuviera lana, iría a la escuela pública. Otro día en el coche de regreso a San Ángel, cuando les pregunté más, Pola me dijo: "No te sientas mal por ella. Ella lo sabe. Quería tanto pertenecer al grupo que supo llegarle al precio". Aun así, Vania me daba mucha compasión. Sin embargo, yo no me atreví a hacer nada y muchas veces también recibí alguno de sus "regalos".

Sentía alivio al pensar que este ritmo de gastos sólo lo tendría que soportar algunos meses más, porque no sabía cómo podría haberlo sustentado más que eso. Y aunque todavía tenía algo de dinero de mis ahorros, gracias a los regalos de la abuela, estaba muy cerca de empezar a acabármelo. Sabía que podría pedirle dinero a la abuela si fuera necesario, pero necesitaba un trabajo o algo para recuperar mis ahorros perdidos. Ya no podía hacer trabajos de escuela por pedido porque me delataría como la nerd que había sido, pero algo tendría que hacer.

Había logrado mi cometido de bajar los cinco kilos en una semana y me sentía bien. Habíamos comprado en la tarde los *outfits* para la fiesta y el mío era perfecto. Sin esos cinco kilitos no habría cabido nunca en la blusita de Mango.

De eso hablábamos todo el día: de la fiesta, de los chicos que conocería, de cómo vernos más grandes, del último *shopping spree*, y de las *monkeys* de las que nos burlábamos todo el tiempo. Era importante poner atención a los detalles del día porque al final nos sentábamos para hacer pedazos a nuestros compañeros, hablar sobre quién había dicho qué estupidez en clase o quién había hecho un oso en la cafetería. A veces se declaraba que era el día pro nerd y le sonreíamos a alguna unidad masculina nerd por "buena onda" y ni siquiera por pagar favores, lo cual ya era rutinario.

Al principio, todo esto me asombraba, e incluso llegó a darme horror tanta violencia, pero dicen por allí que a todo te acostumbras y yo me acoplé con bastante facilidad a esta nueva forma de pensar y de actuar con los demás. Yo también empecé a ver a todas las demás mujeres como "nuestras enemigas" y a todos los demás como "los súbditos". El hecho de que nos burláramos de las mujeres me empezó a parecer, por lo mismo, muy normal y natural en mi nueva condición. Después de algunas semanas dejé de escandalizarme por el comportamiento de mis amigas, porque sabía lo que era estar del otro lado y quería de alguna forma vengarme de quien había sido antes. Me reía con ellas de las chavas que eran lo que yo había sido en San Miguel. Mi antiguo ser me daba pena. A veces incluso decía cosas que les parecían geniales, muy importantes y graciosas precisamente porque entendía muy bien quiénes eran las *monkeys* y cómo pensaban los demás *outsiders*.

Sin embargo, conforme pasaban los días, me empezaron a aburrir más y más las conversaciones siempre sobre lo mismo. A veces sonreía y me reía, pero me ponía a fantasear sobre Pablo o sobre el futuro.

Me ayudaba mucho tener un refugio para poder hablar de otras cosas fuera de clases, y ese refugio era mi computadora y las cartas de Pablo. Esa semana, además de escribirme con él, empezamos a chatear por el Messenger en las tardes y a jugar backgammon por internet. Él lo hacía desde su trabajo en la tienda de computación y yo desde la biblioteca del abuelo. Varias veces nos pasamos más de cuatro horas platicando y jugando, y siempre me hacía reír y me decía cosas asombrosas. Yo seguía sin contarle nada de mi doble vida y casi siempre hablábamos de lo que estaba pasando en el mundo, de los libros, de música y videos que descubríamos en YouTube y de nuestras teorías. Siempre tenía nuevas teorías muy graciosas y debatíamos sobre ellas. Me divertía "pelearme" con él porque aprendía muchas cosas nuevas, sobre todo de anécdotas extrañas de la historia del mundo. Me contó un día que todos en su casa eran vegetarianos, pero que, desde que él había leído en un libro de historia que Hitler era vegetariano, decidió que abstenerse de comer carne no llevaba a nada bueno y así le entraba felizmente a las hamburguesas. Era un tipo extraño y genial. Un día me pidió que le mandara mi foto, pero no quise. No podía, por ningún motivo, mandarle una foto con mi nuevo look. Le decía que mejor me imaginara como él quisiera, me daba pena que me viera en una actitud de niña *fashion*, tonta y superficial. Pensaba que sería una gran decepción, porque me estaba convirtiendo en una de las personas de las que nos burlábamos él y yo en nuestras conversaciones.

Me gustaba tanto platicar con él que poco a poco empecé también a relajarme y a sentir que todo estaba bien en mi vida, que podría seguir siendo yo a pesar de quien era y de cómo actuaba en la escuela. Pero, aun así, en la casa ya no hablaba con Jennifer nunca y en la escuela me comportaba de tal manera que siempre fuera digna de pertenecer al club de las cinco fantásticas, o sea, siempre actuando y siempre utilizando a los demás. En las clases permanecía callada, pero hacía las tareas para no tener problemas. Si en algún momento el profesor en turno me cuestionaba, contestaba a veces mal y a veces bien, pero siempre como si estuviera adivinando, como si fuera cualquier cosa saber eso porque cualquiera lo sabría y sin desear llamar la atención ni lucirme. Aunque sentía que las chachalacas y las nerds me odiaban y más aún cuando la respuesta que daba era la correcta, no se atrevían a decir nada en mi contra, porque sabían que una palabra mía a mis amigas y empezaría una guerra interminable. Nadie quería pasar su último año de prepa sufriendo a diario con las maldades de las reinas. En las clases que teníamos juntos, Dante me miraba mucho, extrañado e intrigado, pero como era un indeseable, jamás le devolví las miradas. Si me intentaba hablar, lo ignoraba y me seguía de largo, aunque muchas veces me moría de ganas de platicar con él. Un día en el que tomaron fotos para el anuario, también tomaron fotos de todo el grupo de sexto y de cada una de las áreas. A Dante le tocó estar a mi lado en la foto de todo sexto e intentó poner su brazo alrededor de mis hombros, pero me moví. En la foto salió clarísimo mi movimiento.

Se acercaba el día de la fiesta y con el permiso ya otorgado por la abuela no tenía de qué preocuparme. Las chicas pasarían por mí en el coche del papá de Vania y yo sólo tenía que estar lista y guapísima para el concierto y después para la fiesta tan esperada.

El concierto fue algo genial. Fuimos al Palacio de los Deportes y el chofer de Vania nos esperó en la entrada hasta que terminó. Estábamos casi hasta delante y fue muy emocionante tener a la banda tan cerca, a pesar de los empujones. Teníamos alrededor a unos chicos muy lindos que nos dijeron desde el principio que nos protegerían. Mi canción favorita fue "Eleanor put your boots on", y cuando tocaron "Matinée" fue un momento grandioso, por ver a toda la gente bailando y cantando al unísono. Como mis amigas no se sabían las letras, sólo bailaban. Cuando llegamos a la fiesta descubrí que no lucíamos igual a las demás mujeres. Todo el mundo iba muy relajado e informal y las reinas nos veíamos francamente sobreproducidas. Muy guapas, muy jóvenes y muy tensas. Sin embargo, el novio de Lía nos presentó con sus amigos. Todas mentíamos sobre nuestra edad. Teníamos veinte y estábamos un poco atrasadas porque estábamos en la prepa, pero pronto estudiaríamos diseño gráfico en la Anáhuac, todas juntas. Fue divertido cuando empezamos a platicar y conocí a mucha gente. Entre ellos se acercó un director de comerciales, amigo del novio de Lía también. Se llamaba Fero. Me preguntó si modelaba y le dije que nunca lo había hecho. Buscó en su celular y me dio el teléfono de la agencia encargada del *casting* del comercial que estaba por filmar. Me dijo que estaría fabulosa para el papel de la protagonista. Cuando me dijo más o menos cuánto pagaban, me emocioné mucho y me imaginé todas las cosas lindas que me podría comprar con ese dinero.

Les conté a las chicas y me dijeron que a veces ellas hacían *castings* para comerciales y que era difícil que te dieran un *callback*, pero que era divertido. A Lía no le dio mucho gusto lo que me había dicho Fero y comentó que debería seguir la dieta "porque subes cinco kilos en la tele". Infló los cachetes y me hizo sentir muy mal. El directorcito, Fero, me miraba mucho, pero yo no me sentí cómoda con su mirada. Eran todos muy grandes y sus actitudes y su forma de reír súper llamativa no me caía nada bien. Yo quería seguir siendo una adolescente ingenua, por lo menos unos meses más, ya que nunca lo había experimentado antes. Aun la rudeza de la escuela me parecía infantil al lado de estos lobos marinos.

El novio de Lía, Richie, tampoco me cayó bien. Hablaba siempre muy fuerte y se la pasaba presumiendo de su vida, su coche, sus comerciales y sus exóticos viajes. Lo que yo sabía con certeza es que jamás podría presumir de su intelecto. Él y ella pensaban casarse cuando Lía se graduara de la prepa y como a él le iba tan tan bien, decía que no había necesidad de que ella hiciera nada. Sin embargo, ella decía que quería hacer un curso de diseño de modas para crear el vestuario de los comerciales, y supuestamente esto a él le parecía bien. Era una carrera aceptable para la esposa del director más ambicioso de publicidad de México. Durante la fiesta, Richie desapareció unos instantes y Manuela me dijo que se había ido a meter coca. No lo entendí del todo cuando me lo dijo, pero al regresar Richie con nosotras estaba exageradamente nervioso y un poco agresivo; le pregunté a Manuela y me dijo que sí, que era por la cocaína. Bailaba con movimientos muy exagerados y me dio un poco de pena ajena por Lía, que tenía que sostener la sonrisa aun cuando vio que todas nos dimos cuenta de que su novio estaba *high*. De pronto la sentí muy humana. Como cualquiera en la escuela, con una vida imperfecta y un novio imperfecto, y me dio compasión. Sentí hasta cariño por ella, incluso con sus comentarios hirientes y sarcásticos. Tal vez sufría mucho, era muy insegura y por eso tenía que actuar tan inhumanamente.

Seguimos bailando un rato y a la una nos fuimos para cumplir con el *curfew* de Lía porque Richie no quería que su suegra lo regañara otra vez. Lo dijo en un tono que lastimó a Lía, lo noté. Yo sólo pensaba que ojalá no se casara con él.

Al final, la fiesta fue un poco anticlimática para mí. La música era electrónica chafa y todo lo sentía súper *kitsch*, especialmente después de haber visto a Franz Ferdinand en concierto. Tenía ya ganas de llegar a mi casa y contarle a Pablo todo lo que me había parecido mi primer concierto de rock. Las chicas sólo hablaban de los actores de telenovelas presentes, y expresaban su admiración por las modelos de comerciales, que me parecían bastante sosas. Yo no conocía los nombres de nadie y no sabía qué decir. Me imaginaba lo que diría Pablo de todo aquello y de cómo nos burlaríamos los dos y bailaríamos como energúmenos, brincando juntos, en vez de esos pasos estudiados que hacíamos todos. Pensaba más y más en Pablo, lo que tenía lógica después de nuestra correspondencia y de pasar tantas horas juntos en nuestros *cyber-dates*, pero a la vez veía que Pablo nunca encajaría en este nuevo mundo al que ya pertenecía esta falsa yo. Aunque había muchas cosas que no me encantaban, la verdad es que me estaba acostumbrando rápido y bien a ser una "chica fantástica" y no quería dejarlo por nada del mundo.

XIV

La siguiente etapa de la transformación, que se trataba de ser reconocida como una guapa, no sólo dentro de mi escuela sino internacionalmente —y competir incluso con Kate Moss y su pandilla— fue muy difícil. Implicó vencer muchas inseguridades y cambiar por completo la imagen que tenía de mí misma a pesar de mi transformación tan lograda.

Habían pasado dos semanas desde la famosa fiesta y no me decidía a llamar a la agencia de modelos para hacer *casting* del comercial. Por fin, un lunes, en el que no tenía nada más que hacer, marqué y me dieron cita para el día siguiente en la tarde. Me preguntaron sobre quién me había recomendado con ellos y cuando les dije el nombre del director: Fero (sin apellido), de inmediato me trataron muy amablemente. Me pidieron que llevara fotos y cuando les dije que sólo tenía las del colegio, la señorita, tranquilamente, acostumbrada me imagino a decenas de chicas sin ninguna experiencia, me dijo que si era aceptada, la agencia se ocuparía de hacer mi portafolio. A pesar de que era un mundo tan diferente al que conocía en San

Miguel, el mundo de la moda no me daba miedo. Había leído suficiente en las revistas y había visto muchos programas en la tele, recomendados por mis nuevas amigas, para saber más o menos de qué se trataba. No quería contarle a nadie en la casa de mi propósito de modelar para ganar dinero, porque ésa seguramente era considerada una ocupación indigna para alguien de la familia. Me preguntaron mi edad y mentí, dije que tenía diecinueve años y me dijeron que era muy importante que tuviera ya la posibilidad de trabajar y de dar recibos de honorarios. Si no era así, tendría que llevar un permiso de mis padres o tutores. No quería ir sola, así que le hablé a Pola. Pola, arreglada, podría pasar fácilmente por mi amiga de veinte; cuando le hablé para pedirle el favor, accedió felizmente. Le encantaba ese tipo de aventuras.

Después de clases, Pola llevaba un cambio de ropa y fuimos juntas en mi coche a la agencia en el Pedregal. Me hicieron pasar con la directora, quien me hizo caminar y me dijo que estaba aceptada, que tenía un look súper natural y fresco (¡ajá!) y que había un *casting* al día siguiente al que tenía que ir. Después haríamos lo del portafolio y mi hoja de contactos que llevaría a los *castings* en el futuro, pero que por lo pronto la foto del colegio bastaría. En eso entró la secretaria y le dijo algo a la directora de la agencia.

La directora me miró y dijo que mi madre acababa de llamar para decir que era menor de edad y no tenía su consentimiento para trabajar modelando. También me dijo que lo sentía, pero que en ese caso no me aceptarían, ya que podrían aceptarme siendo menor de edad, sólo con el consentimiento de mis padres.

Flor Aguilera

"Lo siento pequeña porque tienes el look que estamos buscando, pero necesitamos que tu madre te acompañe o que firme un permiso". Trata de convencerla, me dijo al final. Mi vergüenza fue total, me habían cachado en la mentira y, aunque la directora de la agencia se había portado muy amable, me apenaba salir y enfrentar a la secretaria y a las modelos en la sala de espera con mi cara de idiota, o por lo menos de niña mentirosa. Fuera mis sueños de modelaje, fama y amor. Me había imaginado la cara de Dago al verme en un comercial en la tele o en alguna revista. Sin embargo, algo de esa supuesta llamada de mi madre no cuadraba. Jennifer llevaba semanas absolutamente *clueless* de mis actividades después de clases y yo no había dejado ningún indicio en casa de lo que me proponía hacer.

Cuando llamé a la agencia, me había asegurado de que ella no estuviera en casa e incluso había borrado el registro del teléfono de llamadas recientes. Me intrigaba, pero pronto lo averiguaría. Ésta sí no se la perdonaría a Jennifer jamás. Fui a dejar a Pola, quien se rio mucho de la aventura. Al llegar a casa me enfrenté con Jennifer; sin embargo, vi su cara de absoluta sorpresa cuando la interrogué sobre por qué había llamado a la agencia. Ella no entendía de qué estaba hablando.

Supe que decía la verdad porque Jennifer nunca miente, aun cuando debería hacerlo. Entonces, esa llamada, de mi supuesta madre, era un misterio.

XV

Justo cuando crees que todo es predecible, sucede algo que rompe todos tus esquemas.

El siguiente lunes nos convocaron a todos a una asamblea extraordinaria después del descanso. Mis amigas, en el *homeroom*, me dijeron que eso sólo sucede cuando hay malas noticias.

La directora nos anunció, con lágrimas en los ojos y la voz entrecortada, que Hannah había muerto. Quería organizar una asamblea especial para conmemorarla ese mismo viernes. Tras decir esto, cayó un silencio terrible en la asamblea. Mi primera reacción, aunque yo ni siquiera conocí a Hannah, fue llorar, pero no salían las lágrimas. Volteé a ver a mis amigas. Lía se puso pálida, y Pola, Manuela y Vania se hallaban en un estado de absoluto desconcierto. No podía ser cierto. Su amiga, una de ellas, una niña perfecta, una reina, había dejado de existir a los dieciocho años. La directora y el profesor Jameson pidieron voluntarios para ayudar a organizar la asamblea en honor a Hannah.

Yo sabía que en la escuela la mayoría de las mujeres odiaba a Hannah tanto como a Lía, Pola, Manuela y ahora a mí, pero en ese momento creí que todos nos íbamos a caer al piso desmayados de tanta tristeza.

Nunca había sentido algo así. Fue una mezcla de terror, de incredulidad y también de frustración. ¿Cómo podía suceder eso? ¿No éramos invencibles e inmortales a nuestra edad? Si todo a lo que uno aspiraba en la vida era a ser feliz y hacer muchas cosas y divertirse y ser muy amado, ¿cómo podía ser que a los dieciocho años todo se acabara cuando apenas iba empezando?

Miré la cara de Lía; parecía que iba a llorar; sin embargo recobró la compostura y desde ese momento mantuvo una expresión seria pero impasible. El hecho de que ni siquiera se inmutara ante la noticia de la muerte de una de sus mejores amigas me dio mucho miedo. A veces Lía era tan insensible que me daban ganas de sacudirla, pero yo tampoco decía ni hacía nada que pudiera molestarla por miedo a sus represalias. Pola, Vania y Manuela se abrazaron y se pusieron a llorar cuando salimos de la asamblea y todos nuestros compañeros las miraron por primera vez como seres humanos. Me incluyo en ese grupo. Sentí muchísima tristeza y mucha compasión, sobre todo me dio tristeza no haber conocido a Hannah.

Más tarde, ese mismo día, la directora nos llamó a las cinco y aunque yo no había conocido a Hannah, como su reemplazo dentro del clan de las reinas me tocó a mí también el discurso sobre la anorexia y el peligro de hacer dietas y llevarlo al extremo de no querer volver a comer. Nos explicó que Hannah ya había sido cremada hacía unos días y que no le habían avisado a nadie porque sus padres consideraban la muerte de su hija como un suicidio. Deseaban mantener el asunto entre la familia. El padre de Hannah le había avisado a la escuela apenas esa misma mañana. Lía dijo que estaba de acuerdo con la directora y con los padres de Hannah, que la muerte de su hija había sido por estupidez, por necedad, por no cuidarse y porque evidentemente Hannah estaba desequilibrada emocionalmente. Lo dijo de tal forma que todas la volteamos a ver atónitas. Pola y Manuela lloraban sin entender. Yo sabía por qué Lía había dicho eso: para cubrirse, porque era sabido que ella impulsó a Hannah a hacer una dieta rigurosa, ya que ninguna de las reinas podía estar pasada de peso. Supongo que en su mente habría una justificación al estilo de que "las reinas" era un club que sentaba precedentes y que dictaba modas y comportamientos, con códigos muy estrictos. Ella, como líder, debía llamarle la atención a alguien del club que estuviera fallando y mantenerse siempre en esa postura. Su rigidez quizá había provocado que muriera una de sus mejores amigas, pero Lía no lo aceptaría jamás, prefería echarle la culpa a Hannah siempre y llamarla estúpida.

Manuela, que era buena organizadora, fue después con el profesor Jameson para ofrecer sus servicios en la organización de la ceremonia y yo me ofrecí a ayudar con lo que pudiera. Pola dijo que yo era la "intelectual" del grupo y que seguramente era buena con las computadoras, lo cual me hizo reír por dentro, no entendía cómo ser buena con la compu me podría hacer una intelectual, pero así eran mis amigas. Me tocó hacer una especie de video digital con las fotos de Hannah que Pola y Manuela tenían de la primaria y la secundaria. Lía se desapareció, creímos que se había ido a su casa pero llamó más tarde al cel de Pola para decir que estaba en Perisur y sugerir que la alcanzáramos después de clases. Pola y Manuela dijeron que no, preferían ir directamente a sus casas, no se sentían muy bien. Yo accedí y quedé de verla en el café del primer piso donde habíamos ido una vez las cinco.

Al llegar me pareció verla todavía llorando. Lía dijo que la verdad es que no entendía cómo Hannah se podía haber muerto. Todo lo decía en un tono muy *blasé* mientras prendía un cigarro y luego otro sin darle el golpe, porque Lía no fumaba. Yo no sabía qué decirle. Yo no tenía ninguna experiencia con la muerte, no sabía lo que podrían estar sintiendo las tres mejores amigas de Hannah, y mucho menos Lía, que tenía parte de culpa. Sin embargo, Lía no quería hablar más del asunto y me convenció de que entráramos al cine "a ver lo que sea", dijo, "no importa qué". Le dije que tendría que llamar a casa y me prestó su celular. Me contestó la abuela y le expliqué rápidamente que tenía que hacer un trabajo con Lía y que llegaría a cenar. No me preguntó nada y colgué. Al salir del cine Lía dijo que no quería estar sola. La habría invitado a mi casa a dormir, pero me daba mucha pena que viera a mi madre, así que nos fuimos a su casa. Le expliqué a la mamá de Lía que Jennifer no hablaba muy bien español, por eso cuando marcó a la casa de los abuelos, ella pidió hablar con mi abuela. Le explicó lo que había pasado y mi abuela dio su permiso. La mamá de Lía ya sabía lo de Hannah porque le habían hablado de la escuela. Nos dijo que podríamos cenar en el cuarto. Me sorprendió mucho que no se acercara para nada a abrazar a Lía y que jamás le dijera "lo siento mucho" ni nada por el estilo. Mi madre, si hubiera sido yo en vez de Lía, me habría cubierto de abrazos y besos y me habría dado una explicación larguísima sobre los ciclos de la vida, la reencarnación y el mundo de los sueños de los australianos aborígenes. En fin. Con esa reacción entendí bien por qué Lía a veces tenía reacciones de tanta frialdad. En su casa no cabían las emociones y era obviamente penado demostrarlas abiertamente. Vimos tele, escuché cómo Lía hablaba con Richie y le contaba de Hannah y cómo sólo entonces se le suavizó un poco la voz y creo que lloró. Después nos dormimos, cansadísimas por las emociones del día.

No tenía qué ponerme para ir a la escuela al día siguiente, así que Lía escogió un *outfit* padrísimo. Creo que en otras circunstancias nunca me lo habría prestado, pero ya que no dije nada, la escuché y la acompañé cuando lo necesitaba, quería darme un premio.

En la escuela, el ambiente se había tornado muy solemne. No se escuchaban risas y cuando entramos al corredor principal, todos nos volteaban a ver, especialmente a Lía, pero nadie decía nada, ni un "lo siento", pero tampoco nada negativo. Simplemente había silencio. Monroe nos interceptó en el pasillo y se acercó a abrazar a Lía, pero ella lo empujó y le dijo algo que no escuché. Monroe se quedó parado mirándola confundido. Dante me preguntó si Hannah se había suicidado. Yo sólo le respondí con un "no" muy suave. Creo que no lo dije muy convincentemente, porque me tomó por sorpresa su pregunta.

Escuché que una chachalaca perversa decía en la clase mirándome: "Llegó la hora de la venganza en contra de las reinitas, como en la película de *Heathers*. Van a morir una por una". Y se carcajearon ella y sus dos amiguitas. Después supe, porque busqué en internet un poco asustada, que estaban hablando de una película viejita con Winona Rider donde las chavas guapas de la escuela se empiezan a morir y todas parecen suicidios, pero en realidad es un freak interpretado por Christian Slater el que las está matando.

Pasé la tarde en la computadora, con el Movie Maker de Windows haciendo el video para la ceremonia del viernes. Le hablé a Pola y a Manuela para preguntarles cosas sobre Hannah, su música favorita, si alguna vez había dicho que algún libro le gustaba y cosas por el estilo. Pola sabía más que Manuela, pero ninguna de las dos tenía mucha idea sobre los gustos de Hannah al final de su vida. Me confesaron ambas que, aunque Hannah había sido su mejor amiga y su compañera desde la primaria, cuando la internaron en la clínica para anoréxicas y bulímicas Lía estaba tan enojada que les prohibió ir a visitarla. Se acordaban de anécdotas de la primaria, de viajes que habían hecho juntas con la escuela o del campamento de segundo de secundaria. Me dijeron que Dante y Hannah se habían hecho novios en ese campamento y habían seguido juntos durante los dos años siguientes. Ambas dijeron que ella siempre lo había querido mucho. De hecho encontré una foto de los dos abrazados en ese campamento, muy sonrientes. Hannah había sido realmente muy bonita. Tal vez la más bonita de las cinco fantásticas y en ninguna de las fotos se veía que fuera en lo más mínimo gorda. Aparecía siempre como una chava muy linda, de apariencia dulce incluso, con mucho estilo y siempre sonriente. Pasé el resto de la noche bajando y escuchando canciones para poner en el video al día siguiente después de clases. Miraba y miraba la foto de Dante y Hannah en el campamento: abrazados, enamorados, felices. Eso era a lo que aspiraba yo, sólo eso y ahora estaba metida en un mundo que no tenía nada que ver con mis aspiraciones iniciales.

Me dio mucho miedo descubrir que, de alguna forma, me estaba boicoteando para no lograr lo que realmente quería. Aunque jamás se lo hubiera confesado a nadie en ese momento. Creo que soñé con Hannah en el campamento toda la noche, su sonrisa tan dulce y sus ojos felices.

XVI

Pasó la semana de manera muy similar a ese primer lunes de la asamblea. Hasta el aire que se respiraba en la escuela era distinto. Todo había cambiado: nadie se peleaba, las chachalacas dejaron de decir cosas en contra de nosotras al comprender la gravedad de lo sucedido. Nadie ponía mucha atención en las clases y los profesores de los *homerooms* querían que habláramos de nuestros sentimientos sobre la muerte de Hannah. A Lía, Pola, Manuela y Vania las hicieron ir con la psicóloga de la escuela para que las ayudara a sobreponerse a la pérdida. En vez de tener clases normales en el *homeroom*, la directora nos visitaba y nos aleccionaba a todos sobre los peligros de las dietas, las adicciones y las relaciones sexuales. No sé cómo lo de las relaciones sexuales venía al caso, pero cualquier momento era bueno para que la directora agarrara el micrófono y se echara sus discursos moralistas. No obstante, sí creo que, como era la primera vez que moría un alumno en la preparatoria, tanto a los alumnos como a los profesores nos impresionó mucho lo que le había pasado a Hannah y era bueno intentar encontrar respuestas, aunque a veces fueran fáciles y poco atinadas. Manuela me contó que, en la primaria, un niño que se llamaba Mauricio Slass había muerto de leucemia, pero que nadie lo conocía muy bien porque estaba en tercero cuando ellas iban en quinto. A la hora del lunch, en la Plaza Cluny, Pola nos platicó de cuando había muerto su abuela, que había sido muy triste y que su madre había llorado durante mucho tiempo. Lía estaba de muy mal humor y no quería seguir hablando de muertes. Después se sintió un poco mal por su dureza y dijo que pensaba que a Hannah le habría gustado que nosotras siguiéramos felizmente con nuestras vidas. Se puso a platicar de los planes de boda con Richie y a decidir si sería mejor en Cuernavaca o en Acapulco, que si su vestido debería diseñarlo Macario Jiménez o si debía comprarlo en Los Ángeles, cuando fuera a visitar a su papá. Nos dijo que nosotras obviamente seríamos las damas de honor y que ella pensaba que nuestros vestidos deberían ser color lila, pero que cada quien podría escoger el corte que más le favoreciera. Cuando escuché que el papá de Lía vivía en Los Ángeles, caí en cuenta de que nunca le había preguntado por qué su papá no estaba en casa, ni siquiera me cuestioné sobre eso la noche que me quedé a dormir allí. Supongo que me imaginaba que sus padres estaban divorciados, pero no que él viviera fuera de México. Le pregunté entonces qué hacía su padre y me dijo que era cinefotógrafo en Hollywood, que fue así como ella conoció a Richie, a través de su padre, en una filmación en México a la que ella lo acompañó. Richie era el asistente del director, y desde que la vio se enamoró perdidamente. Así habló Lía hasta hacernos olvidar un poco lo que estaba pasando; al final del lunch todas estábamos más animadas. Noté que Lía ya no se paraba al baño al terminar de comer. Tal vez toda esta historia con Hannah la había hecho tenerle miedo a la muerte por bulimia. Yo sabía, por los libros de medicina que había leído, que la bulimia es sumamente peligrosa, que causa úlceras y puede provocar deshidratación al grado de ser mortal en caso de infarto, entre otros peligros. Supuse que Lía también se había puesto a leer.

Esa noche soñé que me ahogaba en la alberca de la escuela. Me quedaba en el fondo y ya no necesitaba respirar. Veía la cara de Hannah, nadando feliz en lo que se había convertido un mar hermoso, lleno de peces de colores. Sentí algo de envidia al verla. Era invisible. Era libre. Yo no había conocido a Hannah, pero después del sueño la sentí extrañamente cerca.

El viernes fue la ceremonia y nos sorprendió mucho, al llegar al auditorio, que estuvieran presentes los papás de Hannah. Pola y Manuela se acercaron y los abrazaron. Pola había llenado el escenario de globos con la imagen de Hello Kitty, que le encantaba a Hannah. El video había quedado padrísimo y para hacer llorar a cualquiera. Los papás de Hannah estaban como en shock, no lloraban y no decían nada. Se quedaron pasmados, sentados, mirando hacia el infinito. No puedo ni siquiera empezar a imaginarme qué sentirían. Lía tenía que decir unas palabras, pero lo único que dijo, con absoluta frialdad, fue: "Hannah fue una gran amiga. La extrañaremos mucho". Mucha gente lloró en la ceremonia, incluidas las *monkeys*, las zorras y las chachalacas, lo que me sorprendió. Me doy cuenta de que nunca las vi como personas reales. Como si las únicas que existiéramos fuéramos nosotras y los chicos, nuestros amigos y súbditos. Los hombres estaban callados, respetuosos y me dio gusto que nadie hiciera ningún comentario fuera de lugar. Al parecer, la muerte de alguien conocido saca lo mejor en la gente. Yo no lloré, pero sentí la tristeza apoderarse de mi cuerpo entero. De lo que me platicaron Pola y Manuela, de las fotos y de las canciones que escuchaba —que en realidad dicen mucho de una persona y, sobre todo, después de mis sueños— pensé en su muerte como una gran tragedia para todos. Un gran desperdicio de una vida tan joven, como dijo bien la directora al final de la asamblea. Lo que más me sorprendió fue ver que Dante estaba desconsolado. Lloraba y lloraba.

Cuando vio que en el video estaba la foto de ellos dos en el campamento de segundo de secundaria; sonrió un poco y se calmó. Sí la quiso y la quiso muchísimo; eso me quedó claro. Yo no estaba muy segura de que alguien me llegara a querer de esa forma.

XVII

Pablo y yo seguíamos chateando, cada vez más seguido y con mayor intensidad. Me encerraba en la biblioteca, les decía a todos que tenía que estudiar y que por favor no me molestaran y pasaba horas platicando con él de cualquier tontería. Una noche me dijo que estaba enamorado. De pronto, cuando leí esas palabras, sentí muchísimo miedo. Pensé que tal vez había conocido a alguien; con mucha timidez y miedo de saber la respuesta le pregunté de quién. Se enojó conmigo por mi pregunta y se desconectó del Messenger. Al día siguiente me encontré con un correo suyo donde me pedía perdón por haberse desconectado y decía que le parecía estupidísimo tener que explicarme que me quería a mí, que era evidente que estaba súper clavado conmigo y eso que sólo me había visto (y besado) una vez. Me sentí mal, como si lo estuviera engañando, y decidí no volverle a escribir ni meterme al chat a hablar con él. Lo extrañaría muchísimo, eso ya lo sabía, pero no podía continuar con la mentira. En cuanto me viera se sentiría decepcionado porque yo había traicionado mis raíces de recha y chica inteligente, para convertirme en una despreciable reina de lo frívolo y de la estupidez.

Me sentía fatal. Sabía que era el precio que tenía que pagar por lo que estaba haciendo, y me dolió muchísimo despedirme de Pablo. Ahora lo entiendo, me estaba quedando con muy poco a cambio de seguir siendo la reina Pam, pero en ese momento estaba tan inmersa en ese universo que no podía verlo.

En una de esas tardes solitarias Pola me habló para decirme que había un *casting* en dos días, le había dicho su hermana que deberíamos ir todas porque necesitaban varias chavas muy guapas de nuestra edad para una telenovela nueva sobre una preparatoria. Le hablamos a Manuela y a Lía, todas decidimos ir al día siguiente a casa de Manuela para probarnos ropa y looks para el *casting*. La hermana de Pola, que estudiaba comunicaciones en la Ibero y estaba haciendo su servicio social en Televisa, le había dicho que teníamos que ir súper *fashion*, pero que no intentáramos vernos más grandes porque querían chavitas de quince a diecinueve.

En la casa las cosas seguían igual: mi padre vuelto un trabajólico, los abuelos metidos en todo lo que sucedía dentro de la casa, en especial conmigo, y mi madre absorta en su mundo. Jennifer había logrado vender la casa en San Miguel, pero aún no encontraba nada en la ciudad que la convenciera. Mis padres y yo realmente nunca hablábamos ya y yo los sentía súper ajenos a mí.

Un día sentí compasión por ver a Jennifer tan sola, escribiéndoles cartas a sus amigas en San Miguel, y me acerqué a ella. Había subido mucho de peso porque no salía a caminar como antes y porque se la pasaba comiendo dulce de leche en su cuarto, leyendo y haciendo dibujos. *Sketches,* los llamaba, para sus próximos cuadros, que empezaría a hacer en cuanto nos fuéramos de casa de los abuelos y ella tuviera nuevamente un estudio. Se vestía fatal, su pelo lucía terrible, estaba ojerosa y malhumorada. Se veía realmente muy mal. Eran cosas en las que antes no había reparado. No me parecían importantes, pero ahora sí, me daba vergüenza invitar a mis amigas a la casa por temor a lo que pensaran de ella y, por ende, de mí.

Pobre Jennifer, era la única que estaba sufriendo con el cambio de vida, pero pensaba que era su culpa por no saber adaptarse a las nuevas circunstancias como lo hacíamos Alejandro y yo. Sin embargo, algo me conmovió en ella y me acerqué y le hice un cariño en el pelo. Volteó y me miró con sus ojos azules todos tristones y me dijo: "*¿How's my old girl?*". Hacía tanto que ignoraba su presencia que me había parecido extraño escuchar su voz. Era ya noviembre y no habíamos platicado desde agosto. Le dije que iba bien, que me gustaba la escuela, que me caían bien mis amigas y que las clases no eran más difíciles que en San Miguel. Se sentó y me escuchó mirándome con sus ojos de tristeza. "Ya no veo que leas tus libros de medicina. Las cosas se olvidan muy rápidamente, ¿sabes?".

En ese momento volví a sentir coraje. Sentí que ella no quería que yo cambiara por nada del mundo, que me convirtiera en alguien normal y socialmente aceptada, que fuera considerada bonita y que tuviera una vida social. Sentí que estaba celosa y que verme tan contenta le era insoportable. ¿Qué quería de mí?, ¿que siguiera sus pasos?, ¿que me convirtiera en la persona que ella quería, pensando en la enormidad del universo y en el amor como algo abstracto? ¿Y ella? Yo no veía que ella amara tanto a los abuelos como para hacer un esfuerzo y llevarla bien. ¿Creía que me iba a poner de su lado y perderme de los mimos de la abuela? Pues si era así, estaba muy equivocada. En ese momento sentía que la vida me había dado la posibilidad de convertirme en algo más. En alguien adorable para el mundo, y lo estaba logrando por fin. Aún no sabía si quería estudiar Medicina, Arquitectura, Historia, Filosofía, Matemáticas o Economía, pero eso era lo de menos. Ya había entendido la lección; el mundo era distinto y le pertenecía a los audaces y a los prácticos y a los hermosos, que no tenían tiempo ya para sus ideales hippies. Pero ella no podía cambiar. Jennifer seguía con su ropa, sus ideas y sus discursos seudoespirituales que no venían al caso en este mundo y que además contradecían su actitud con los abuelos y mi papá. Si no tenía cuidado, mi padre la podría dejar por alguien más. Una chava joven, guapa y linda, que no estuviera siempre con cara de circunstancia. Era cierto que yo no tenía idea sobre mi futuro, pero por primera vez en mi vida mi presente estaba divertidísimo, como debería ser la vida para cualquiera de mi edad.

"Ya no sé si quiero estudiar Medicina", fue lo único que le dije antes de cerrar la puerta de su recámara y dejarla atrás.

Al día siguiente fuimos las cinco al *casting* en Televisa San Ángel; Vania dijo que quería ir sólo para echarnos porras y Lía se rio muchísimo de ella. Nadie le preguntó a Vania por qué no participaba también, tan sólo por buena onda. Pero la verdad es que a ninguna de las cuatro nos fue muy bien. La hermana de Pola no nos había advertido que teníamos que saber cantar y ser bailarinas semipro. Aunque realmente éramos de las más guapas allí, había chavas que de verdad cantaban y bailaban; no llevaban looks tan *fashion*, ni *high end*, pero a pesar de ir con pants, podían hacer cosas que nosotras jamás lograríamos. Lía nadaba y hacía yoga, pero ni Manuela ni Pola ni yo hacíamos ejercicio fuera del voleibol en la clase de Deportes. Al final nos fuimos sin audicionar por no hacer un enorme oso, pero un chavo que estaba allí nos pidió el teléfono a las cuatro para un *casting* de un comercial. Pola hizo una broma diciendo que seguramente mi madre hablaría para arruinarnos la oportunidad. Yo estaba justo frente a Lía mientras Pola hablaba y noté que se puso muy incómoda. Fue entonces cuando supe que no había sido mi madre, ni mi abuela, ni la suya, sino que había sido Lía quien llamó a la agencia. No lo podía creer. Entendí por fin, y no sé por qué me tardé tanto, que tendría que tener mucho cuidado con lo que le contara a Lía, muy probablemente tarde o temprano sería utilizado en mi contra. Era como si fuera mi amiga y al mismo tiempo mi peor enemiga. Lía me querría mientras yo no brillara más que ella.

El chisme de la semana en la escuela era que en "La jaula", un sitio al que ninguna de las chicas cool entraba, habían hecho una lista de las MÁS WUAPAS de sexto y estábamos las cuatro, sin Vania, en el top cinco. El quinto lugar se lo habían dado a Mofi. Así le decían a una chava que yo no conocía, pero que les parecía muy guapa a los niños de sexto. Lía dijo que era una zorra, que se había acostado con un tal Santiago Herrera, el año pasado. Santiago no estaba ya en la escuela, así que no podíamos saber si las acusaciones de Lía eran ciertas. Ella dijo que eso era un crimen imperdonable. Allí me enteré de que las reinas eran orgullosamente vírgenes, porque habían hecho el *pledge* en primero de prepa, que consistía en una promesa de esperarse por lo menos hasta la universidad para tener sexo.

Decidí entrar un día a "La jaula" para ver de qué se trataba y allí aprendí muchas cosas sobre lo que se decía de nosotras, además de otros chismes de la escuela.

Seguramente Lía, Pola, Vania y Manuela también entraban, pero era impensable hablar de eso entre nosotras, sólo era posible mencionarlo casualmente como: "Alguien me dijo que en La jaula...". Cuando entré, vi que en "La jaula" nos decían "las intocables" porque éramos las más "wuapas" y también vírgenes, lo cual significaba que los hombres nos amaban, pero que éramos absolutamente inalcanzables e inaccesibles para todos. Ahora creo que lo de "intocables" era sobre todo porque ninguna de nosotras había tenido sexo con nadie. Pola, Manuela, Hannah y Lía habían romanceado con algunos de los niños del salón en cuarto y quinto, pero era verdad que no se podía decir nada sobre la vida sexual de ninguna de las reinas por la promesa pública que habían hecho de no tener relaciones sexuales mientras siguieran en la prepa, el famoso *pledge*, como le decían en la escuela. Fajes, sí; besos, bastantes; pero nadie se acostaba con una de las intocables y eso las hacía aún más mágicas. Ese placer le tocaría a algún suertudo en la universidad tal vez y a Lía después de casarse, porque así lo había decidido. Dentro de todo lo malo que sucedía, en cuanto a drogas y sexo en la escuela, a nosotras no nos tocaba nada, no teníamos cola que nos pisaran. Todavía no.

XVIII

Pasaron un par de semanas después de la ceremonia de Hannah y poco a poco las cosas regresaron a la "normalidad".

Todos hablaban de la fiesta de cumpleaños de Monroe en el "Cerebro". Monroe cumplía dieciocho y había decidido hacer una fiesta inolvidable, con unos dj´s que todos parecían conocer, salvo yo. Teníamos que ir, aunque era la fiesta de un chavo de la escuela, porque Lía decía que era importante de vez en cuanto socializar con los gonzos y con los otros chicos. Si no íbamos, eso podría perjudicarnos en los últimos meses de reinado. Decidimos ir más guapas que nunca y necesitábamos nuevos *outfits* para la fiesta. Decidí pedirle dinero a la abuela porque yo estaba casi en bancarrota. Me dio el dinero muy contenta para "mi primera fiesta oficial" de la escuela. Me dijo que quería ver mis calificaciones mejorar un poco, aunque no estaban mal. Y yo sabía que le daba un placer perverso que acudiera a ella para todos los permisos, dinero y que le contara de mi vida en vez de ir con Jennifer. De entre los gonzos no había nadie ni medianamente interesante para mí; el único de la escuela que me llamaba la atención era Dante, que tenía espíritu, pero que desafortunadamente era un "indeseable" ahora, aunque no lo había sido cuando era novio de Hannah. La verdad es que sí me daba flojera el hecho de que fumara mota.

En esos días había un rumor en la escuela de que una de las *monkeys* era lesbiana. Fue un escándalo enorme entre la población de alumnos, porque nadie nunca había salido del clóset abiertamente. Se sabía que Rogi, un chavo de quinto, un súper fresa, era gay, pero se llevaba muchísimo con las niñas de su salón, y con las reinas de quinto que lo defendían siempre, así que nadie se atrevía a meterse con él. Pero esa chava, la *monkey* de nuestro año, había declarado públicamente, en la clase de literatura, que era gay. Lo había hecho a través de un poema de amor dedicado a otra chava. Eso sí, nunca dio el nombre de su amada. Todos hablaban de lo mismo y las reinas estaban escandalizadas y asqueadas por la noticia. Lía, por supuesto, juraba que el poema se lo había dedicado a ella y decía que quería vomitar cuando la veía. A mí me daba lástima, por valiente y por tonta, porque en una escuela como la nuestra no podías leer un poema de algo íntimo en clase y mucho menos si el tema era sobre el amor que sentías por otra mujer. La gente tonta me molestaba por eso, como que no se daba cuenta del nivel de peligro que existía. Sobre todo para las mujeres. Éramos tan vulnerables a todo, y había que estar conscientes de eso en todo momento. ¡Ay, trágica feminidad!

Para mí sería mejor ser una *geek* total, tener a tus amigas *geeks* o rolar siempre sola y no meterte en problemas ni provocar escándalos, en vez de ser una *monkey* y, además, eternamente conocida como una marimacha. Así asegurabas la desgracia social para siempre y nadie, pero nadie, volvería a hablar contigo. Era lamentable la decisión de esa *monkey*.

Se supo que alguien maligno la invitó a la fiesta de Monroe, como una pésima broma, e incluso le dijeron que fuera con su novia, que todo estaba cool. Pero creo que descubrió que no era cierto; yo esperaba que no asistiera para evitarse un ridículo mayor.

Me siguieron llegando correos de Pablo durante algunas semanas, que obviamente no contesté, aunque sentía un enorme malestar cada vez que veía su nombre en mi *inbox*, y leía cada una de sus palabras con muchísima atención. Cada una era importantísima para mí, pero sentía que no podía contestarle. Si le decía que yo también lo quería tendría que verlo y dejarme ver. Me avergonzaba mucho ser un fraude, pero no iba a resignarme y a volver a ser quien era antes. Tampoco quería seguir llevando una doble vida. Prefería que Pablo pensara que lo había olvidado o que yo no lo quería.

Las conversaciones que se escuchaban en los pasillos entre las chachalacas y todos los demás eran sobre a qué universidad irían. Mientras tanto Lía sólo hablaba de su boda. Pola y Manuela me dijeron que querían entrar a la Anáhuac a Diseño gráfico y si no lo lograban, por calificaciones, irían a otra escuela a estudiar Comunicación. Vania decía siempre que se iría a Suiza para aprender francés y después entraría a algún cursillo de diseño de interiores.

Después de clases yo seguía saliendo con mis amigas de *shopping*, a comer algo o al cine. No quería pensar en el futuro, ni tomar decisiones de nada. El trabajo de la escuela lo hacía con bastante facilidad y aunque ya no era chica de diez, sí lo era de ochos y nueves, y eso era lo suficientemente bueno para mí y suponía que para la mayoría de las universidades en México. Cuando a veces me despertaba en la mañana, me tranquilizaba pensar que faltaba muy poco para tener que decidir lo que estudiaría y en dónde.

En la siguiente asamblea anunciaron que pronto sería el festival de invierno, tradicionalmente organizado por sexto. Cada área tenía que montar un *stand* y los alumnos hacer algún tipo de espectáculo: circo, danza, video, lo que cada quien quisiera. Lía decidió que ya que era nuestro último año teníamos que hacer algo súper *wow*. Algo que nadie olvidara.

Yo no soy muy buena para bailar, y la verdad es que eso me tenía un poco nerviosa; sabía que las reinas tenían su showcito, como le decía Lía, que habían hecho hacía algunos años para el *talent show* de la escuela en tercero de secundaria y que a las tres les gustaba mucho bailar. Yo a veces ponía videos para ver cómo bailaba la gente y practicaba un poco en casa, pero me imaginaba que no podría bailar como ellas jamás. Lía había puesto una coreografía y teníamos nuestro primer ensayo el sábado en la mañana en casa de Pola. Después del ensayo pasaríamos la tarde preparándonos para la fiesta y dormiríamos en casa de Lía, ya que su mamá no iba a estar. Mi primera piyamada.

Íbamos a ir a la fiesta con Richie y sus amigos. Richie le había dicho a Lía que yo le gustaba a su amigo Fero, el otro directorcito que me había dado el teléfono de la agencia para aparecer en su comercial. Aunque siempre había querido gustarle a alguien, la verdad es que la noticia no me emocionó. Sólo pensaba en Pablo, y a veces en Dago, como mi ideal masculino. En ese sentido, mi plan de ser popular que me llevaría a enamorar a alguien maravilloso no estaba resultando. A veces deseaba acabar con todo mi enorme "fraude", pero la mayor parte del tiempo sentía que ésa era mi vida y que debería sentirme feliz y orgullosa de formar parte de la elite. Sin embargo, a veces, muy a veces, me sentía culpable y mal conmigo misma. Me había convertido en una perfecta manipuladora, una actriz de primera, aun en casa.

Durante toda la semana estuve nerviosísima con lo del ensayo de la coreografía de Lía. No ponía atención en clase y sabía que para el examen de Ética, la semana siguiente, necesitaría apuntes. Así que me atreví a pedírselos a un nerd que babeaba por mí cada vez que me veía llegar a clases. Ni siquiera recordaba su nombre, pero esa mañana en el *homeroom* le pregunté a una de las chachalacas cómo se llamaba el niño que se sentaba a su lado en Historia. Cuando llegué a la clase me eché una súper actuación, imitando el tono y estilo de Lía, mientras hablaba con él, y por supuesto que se puso feliz de ayudarme. Las chachalacas se burlaron de él; las escuché cuando le dijeron que era un imbécil y que nada más lo estaba utilizando. Pero cuando él volteaba a mirarme, en vez de ignorarlo, le sonreía ampliamente y así él me creyó absolutamente.

No sentí ningún remordimiento. En mi vida anterior, si Dago me hubiera pedido cualquier favor, lo que fuera, yo lo habría ayudado feliz. Empezaba a entender cómo funcionaban las cosas y cómo podría sacarle todo el provecho del mundo a mis encantos femeninos recién descubiertos.

Sus apuntes estaban impecables, de modo que decidí pedírselos siempre. Al día siguiente le llevé un chocolatito, tal como me había enseñado Lía: "Porque somos lindas", me dijo un día. Aprendí que con una sonrisa y un detalle te ganas a cualquiera. Las chachalacas, sin embargo, no se la tragaban para nada y me miraban de forma sospechosa.

Por las tardes ensayaba algunos pasos que veía en la tele, pero me costaba mucho trabajo bailar. Simplemente era torpe y no tenía ritmo. Decidí que si en el ensayo no me sentía a gusto diría que mejor haría la parte audiovisual aunque, al parecer, ya tenían a un nerd haciendo el video que se proyectaría en la pared de fondo del escenario. Sería un espectáculo hip-hopero sexy. El día del ensayo desperté con dolor de estómago de los nervios. Sabía que allí sí me podrían descubrir, porque cualquier reina digna sabe bailar bien. Pero no sospechaba que la vanidad de Lía me salvaría. La abeja reina había diseñado una coreografía donde ella se luciría absolutamente y nosotras sólo teníamos que hacerle de coristas, con algunos movimientos sencillos de brazos y pasos básicos de hip-hop. La verdad es que no me costó mucho trabajo aprendérmelos, aunque sabía que sí tendría que practicar en casa. Íbamos a usar una canción de Beyoncé Knowles.

Mi *outfit* para la fiesta de Monroe, sin embargo, lucía perfecto: *skinny jeans* y una blusita de seda color magenta, con *spaghetti straps*, de Mango. Decidí ponerme un *bra* verde aqua debajo del top, para hacer el look aún más sexy, y funcionó.

A Lía no le gustó que llamara tanto la atención y me hizo algún comentario nefasto, pero decidí ignorarla después de que Pola me dijo que lucía súper *cute* y que no le hiciera caso a Lía, porque seguramente ella estaba celosa de que yo fuera a ser la reina de la noche. Cuando llegó Richie, entró a la casa con sus amigos, y Fero no dejaba de mirarme. Richie llevaba una botella de Absenta y nos hicieron probar a todas un poco. Yo me empecé a marear con tan sólo unos sorbos, así que dejé mi vaso, pero Fero insistió en que me lo terminara, pues así me la pasaría mucho mejor. Llegamos a la fiesta y a Monroe no le dio mucho gusto que fuéramos acompañadas; Richie y sus amigos se aburrieron pronto y dijeron que se irían a un bar y pasarían por nosotras más tarde. Lía no se veía muy contenta con el arreglo, pero ya estábamos allí y ella era la que había insistido tanto en que fuéramos para socializar con los de sexto, así que no había más que pasarla bien. Monroe se puso a bailar con Lía y vi que había mucha gente allí que no esperaba ver. Algunas chachalacas, todas las zorras y algunos *forevers*. De pronto vi a Dante acercarse y me puse a platicar con él. Me preguntó si haríamos algo para el festival de invierno y le dije que sí, que era una sorpresa. Fui muy *cute* con él y me reí de todo lo que decía, tal como veía a Lía hacer con Richie. Me dijo que él y sus amigos iban a hacer un espectáculo de circo, que habían aprendido en el taller del año pasado. Nos pusimos a bailar y vi que mis amigas nos estaban mirando, así que me disculpé con él y me fui con ellas. No comentaron nada al respecto, porque me liberé de él justo a tiempo, pero cuando vi que Dante me miraba mucho, la verdad me dio gusto gustarle. Al rato pasaron Richie y Fero por nosotras, así que nos despedimos de todos. Ya estaban muy borrachos y no nos extrañarían. Monroe intentó besar a Lía al final, pero nadie más que yo se dio cuenta. Richie y Fero llevaban ya algunas horas bebiendo, por lo que estaban un poco necios aunque chistosos. Cuando llegamos a casa de Lía se bajaron también, y Lía y Richie se fueron al jardín. Fero seguía diciéndome que era un escándalo lo guapa que era y cosas así. Pola y Manuela se reían y se burlaban un poco de él, pero la verdad es que a mí no me gustaba nada. Me pedía un beso cada tres segundos. "Por favor, por favor, uno nada más", pero yo me negaba, hasta que se empezó a enojar y entonces Pola me dijo al oído que mejor sí, que lo besara rápido para que ya no fuera tan agresivo. Me sentí muy vulnerable. ¿Por qué se tenía que hacer lo que quisiera el hombre para que no se enojara? ¿Era ése siempre el caso en las relaciones entre las mujeres y los hombres? Pensé en el profesor Clavé y cómo nos había dicho que las mujeres éramos personajes trágicos por ser tan vulnerables a los hombres y a sus deseos. No sé por qué lo hice, pero me quedé allí con Fero y su necedad.

Mis amigas se fueron a dormir. Yo me acerqué y le dije casi enojada: "Bueno, pues bésame", y se me quedó mirando y se rio a carcajadas. "Así no", me dijo. "Te besaré cuando realmente quieras que te bese, cuando te mueras de ganas. Y eso sucederá, te lo aseguro". En eso llegó Richie y se fueron.

Lía no se veía muy contenta. Dijo que Richie le decía que estaba muy chava, que le faltaba experiencia y no estaba seguro de si deberían seguir o tomarse un *break* para que ella intentara vivir otras cosas, pero ella sabía en el fondo que era porque no se quería acostar con él hasta no casarse. Un *pledge* es una promesa seria, me repetía Lía.

Me quedé pensando en Fero y si tendría razón en que algún día me moriría de ganas de que me besara. Por lo pronto ya empezaba a pensar en él y en cómo se había reído de mí.

XIX

Después de la fiesta, las dos semanas que faltaban para el festival de invierno pasaron muy rápido. Había un ambiente extraño en la escuela. Pronto serían los exámenes semestrales y justo después llegarían las vacaciones de Navidad. Mis amigas se iban todas fuera de la ciudad y yo me quedaría en casa, por primera vez en varios meses, sin nada que hacer más que ver a mis padres que discutían más y más y a mis abuelos que realmente no tenían mucho qué decir.

Decidí ponerme a estudiar porque no quería reprobar los semestrales. Pola, Vania y Manuela iban a hacer lo mismo. A Lía le daba igual porque no tenía de qué preocuparse, nadie la reprobaría, pero tampoco era que le importaran gran cosa las calificaciones. Con tal de graduarse, todo estaría bien. El festival fue más divertido de lo que me imaginaba. Nuestros *outfits* para la coreografía estaban muy bien y Lía se iba a lucir de lo lindo. Finalmente, se decidió que la coreografía fuera más como un *skit* musical. Lía tuvo la idea de basarlo en una escena de una película viejita que se llama *Footloose*. Vania sería una nerd que no sabía bailar y Lía le enseñaría. Allí empezaba la canción de Beyoncé. Pola, Manuela y yo sólo teníamos que estar atrás bailando. Richie no llegó y eso puso a Lía de muy mal humor. Nos reímos mucho del *skit* que hicieron Monroe y sus secuaces. Una pequeña obra de teatro bastante cómica sobre lo que sucedía en el salón de maestros. Cada uno imitaba muy bien a alguno de los profesores y profesoras. Incluso se vistieron de mujeres. El número circense de Dante estuvo espectacular y nos reímos y burlamos mucho también de los intentos de cineasta dizque intelectual de una freak emo. Sabía que emo significa "emocional" y ya empezaban a aparecer emos entre los de quinto y sexto que se pintaban la cara con lagrimitas y se vestían siempre de negro. El cortometraje en video de la chava emo era sobre el dolor y la muerte. A mí me gustó, y me hizo recordar cosas que sentí cuando murió Hannah, pero claro, fingí que era una mafufada y me burlé junto con los demás.

Con motivo del festival de Navidad, por todas las paredes de la escuela había dibujos, poemas y esculturas de los talleres de quinto y había realmente un ambiente de fiesta padre. Nuestro espectáculo causó sensación, sobre todo por las luces de un técnico del taller de teatro a quien había convencido Lía para que nos ayudara. Los hombres, por lo menos, nos aplaudieron mucho. Lía decía que las chachalacas estaban impactadas y celosísimas, y que aunque las mujeres no aplaudieron, los chiflidos de los hombres bastaron para que nos sintiéramos muy satisfechas. Sobre todo Lía se veía muy complacida, aunque yo sabía que estaba súper decepcionada de que su novio

Flor Aguilera

no hubiera querido ir a verla bailar. A Vania no parecía importarle mucho hacer el papel de nerd. Me daba un poco de pena que siempre aceptara ser la reina de segunda categoría y que Lía la utilizara como lo hacía, pero repito, yo nunca hice nada para evitar que siguiera sucediendo.

Después del festival, ya sin ninguna presión, durante las siguientes dos semanas me iba a casa rápidamente a estudiar y creo que, aunque no lo confesaran, Lía, Vania, Pola y Manuela hacían lo mismo. Todas poníamos pretextos de doctores y dentistas para ausentarnos, y Lía decía siempre que tenía que acompañar a Richie a mil lugares. Ninguna había exentado una materia y, ya que sabíamos bien que los exámenes de fin de curso eran casi un regalo para que todos pudiéramos graduarnos, esos semestrales serían los más importantes del año.

Los exámenes pasaron rápido pero no sin algunos dolores de cabeza. Me di cuenta de que podía vagar mucho durante el semestre, pero que a la hora de los exámenes sí tenía que estudiar y mucho.

Los profesores, sin embargo, nos ayudaron y aunque calificaban en curva, o sea a partir de la calificación más alta hacia abajo, siempre nos daban algunos puntos extras. Como yo sí estudié, a mí no me fue tan mal, incluso superé las calificaciones de algunas de las chachalacas del salón. A veces no me podía concentrar en los exámenes de tronco común porque Dante me miraba obsesivamente, pero, como me halagaba, no le decía nada y a veces incluso le sonreía. Para el examen final de Derecho había que resolver algunas preguntas en equipo y nos tocó trabajar juntos. Desde el principio nos fue muy mal porque él no se concentraba. Creo que el profesor se dio cuenta del dilema y nos cambió a mitad del examen, pero de cualquier forma a ambos nos puso un ocho.

El momento de la verdad

XX

La Navidad pasó tranquilamente. Los cinco en una cena muy formal, sin nadie más de invitado, escuchando música clásica y conversando poco.

Mi abuela es bastante religiosa, aunque es muy respetuosa de que en mi familia inmediata nadie practique ni oficial ni extraoficialmente su religión. Mi padre ya no va a misa, aunque de niño había sido monaguillo y de joven era visitante asiduo a la iglesia. Mi madre influyó mucho en sus creencias de que todas las religiones son lo mismo y tienen cosas valiosas que aportar a nuestras vidas y así dejó de ser católico, pero seguía siendo muy abierto y respetuoso de las creencias de todos los demás seres humanos. Siempre decía que era un asunto de azar, de la historia del lugar en el que habías nacido y de la familia en la que te había tocado crecer. Mi abuela, sin embargo, sí puso árbol de Navidad y nacimiento. El espíritu no era muy navideño que digamos, porque se notó a la legua que mis padres no estaban contentos; creo que se habían peleado otra vez porque mi madre ya quería irse de la casa de los abuelos como fuera y a donde fuera para pasar Año

Nuevo en otro lugar, pero mi padre no había podido tomar vacaciones.

La abuela me compró miles de cosas, un iPod, un celular, algunos suéteres de Zara que no estaban mal y un póster de Marilyn Monroe de Andy Warhol para mi recámara. Mis padres, como es costumbre, no me regalaron nada más que libros. Entre ellos estaba *Cartas a un joven médico* del doctor Arnoldo Kraus. Yo le compré una mascada de seda a la abuela, una pipa nueva al abuelo y a mi madre un suéter padrísimo de Zara, que esperaba que se pusiera algún día. A mi padre no sabía qué regalarle, así que le compré algunos audiolibros para que escuchara en el coche mientras iba y regresaba del trabajo. Cenamos casi en silencio y, después de abrir los regalos, mis padres quisieron irse a su cuarto. Los abuelos me invitaron a ver una película con ellos, una película francesa viejita, acepté porque no había nada más que hacer. El 25 me desperté con una sorpresa.

Estaba desayunando cuando entró Mari, la muchacha, y dijo que le habían traído algo "a la señorita Pamela". Todavía me daba risa y me sentía extraña de que Mari me dijera siempre así. Le había pedido muchas veces que me dijera Pam y que me hablara de tú, pero sólo a veces lo lograba. Salí al vestíbulo y me encontré con un arreglo de flores enorme y un disco. Pensé que eran de Pablo, pero al mismo tiempo sabía que no podrían ser de él porque no tenía el dinero para hacer algo así, además de que seguramente estaría muy enojado o sentido conmigo. Mis abuelos estaban encantados de que tuviera un "pretendiente". Mi padre estaba intrigado y contento por mí.

Subí a mi cuarto a escuchar el disco. Venían canciones de todo tipo y al final una voz masculina que decía: "Feliz Navidad, Pam". Al escuchar la voz supe que los regalos eran de Fero. En la tarjeta del arreglo venía un número de teléfono celular y la abuela insistió en que llamara para darle las gracias. "Es lo correcto", me dijo. Le marqué a Fero y sonaba súper cool, como si el haberme mandado flores fuera cualquier cosa. Me invitó a cenar y le tuve que decir que no, que era una tradición familiar quedarnos en casa el 25 para ver películas. No sé si me creyó, pero me invitó para el día siguiente a tomar café: "¿O también hay alguna tradición familiar para el 26?". Insistió tanto que le tuve que decir que saldría con él.

Pasé el día sin mucho ánimo, aunque los abuelos actuaban como si fuera algo extraordinario que tuviera un amigo así, y la abuela me daba muchos consejos que sólo me hacían reír, porque seguramente ella no había tenido una cita en cincuenta años.

Nos vimos en un lugar en la Condesa para tomar cerveza y mezcal. La verdad es que nunca había probado el mezcal y me supo horrible, me emborraché muy rápidamente. Nos la pasamos bien, aunque en realidad Fero sólo habló de su vida, de sus éxitos, de su coche nuevo, de su casa y de los muebles de diseñador que se acababa de comprar, y me dio un poco de flojera. Me preguntó si quería ir a conocer su casa y le dije que tenía que regresar pronto a la mía porque mis padres me estarían esperando. Yo sabía que no era así, los abuelos habían salido a cenar con unos amigos y Alejandro y Jennifer se habían ido al cine, pero me pareció un buen pretexto.

En el camino de regreso a casa por Insurgentes se me atravesó un coche y me pegó. Como había bebido, mis reflejos no eran muy buenos y toda la parte derecha del coche quedó deshecha.

Me bajé del carro y el señor del otro coche se bajó también furioso. Me dijo que había sido mi culpa. Yo le dije que lo sentía, tenía seguro, pero él me dijo que él no tenía y prefería que nos arregláramos por fuera. Así que tuve que ir al cajero y sacar lo último que me quedaba de dinero después de la Navidad, para darle al señor, porque si llegaba la policía y sospechaban que yo había estado bebiendo podría meterme en serios problemas. No sabía cómo explicaría lo del choque a los abuelos. Tendría que inventar una historia sobre el coche: que estaba estacionado y alguien lo había chocado. No sabía qué hacer. Cuando llegué a casa todavía no había nadie y me metí a mi cuarto a dormir, estaba mareadísima. Al día siguiente les expliqué a los abuelos lo del coche y aunque no me creyeron lo dejaron pasar. El abuelo, siempre muy práctico, dijo que esas cosas pasaban y su chofer llevó el auto al taller. La abuela sólo me dijo que tuviera más cuidado, que andar en coche no era como un juego de video y me abrazó.

En la tarde me habló Fero y me invitó a cenar. Me sentí muy halagada por su insistencia y le dije que sí. Pasó por mí y fuimos a cenar a un lugar, cerca de su casa, cuya especialidad era la comida de fusión asiática y cubana. No sé por qué, estaba muy nerviosa y sentía que me temblaban las manos cuando intentaba comer. No era porque Fero me gustara mucho, sino porque estaba en un *date* formal, el primero en mi vida, y sobre todo porque sabía que todo lo que hiciera y dijera llegaría a oídos de Lía. Tenía que comportarme como si tuviera *dates* siempre y eso me provocó mucho estrés. Seguía siendo una nerd absoluta a la hora de la hora. Yo le había mentido a Lía sobre mi vida amorosa. Le había dicho que en San Miguel me invitaban muchísimo a salir y que mi último novio en serio lo había tenido en quinto: un niño lindo de sexto que se había ido a estudiar a Estados Unidos y por eso habíamos terminado. Fero pidió dos *vodka tonic* antes de la cena y después un vinito mientras cenábamos. Me preguntó sobre la escuela y sobre mi parecer de que Lía y Richie se fueran a casar. Habló pésimo de Richie, dijo que no era un buen director de comerciales y jamás la haría en el cine. Me pareció rarísimo que alguien hablara así sobre su supuesto mejor amigo. Después de un rato, también gracias al alcohol, se volvió realmente fácil platicar con él y hasta lo empecé a ver guapo. Supongo que porque era más grande y sabía llevar una conversación. Yo me había esforzado mucho en contestar y platicar normalmente, como lo haría con algún niño de la escuela, pero veía a Fero tan grande que pensaba que con él no podía fingir estupidez por mucho tiempo. Empecé a platicar más como era yo realmente; le dije que había pensado estudiar Medicina, pero que ya no estaba segura. Todo lo que le decía parecía interesarle. La verdad es que el vino se me subió y cuando fui al baño vi que tenía las mejillas súper rojas y todo se sentía muy suavecito, como si estuviera flotando en una nube. Al final de la cena, cuando nos subimos al coche, nos empezamos a besar y fue una experiencia indescriptible. El olor de Fero, su coche que estaba padrísimo, sus modales y su actitud arrogante de chico grande me parecieron súper seductores. Los besos se pusieron cada vez más intensos y cuando me dijo que fuéramos a su casa un rato accedí. Entre el vino y los besos yo me sentía como si estuviera derretida.

En el camino de regreso a mi casa casi no hablamos y sospeché que ya no hablaríamos más. Él logró lo que quería y yo, pues, me había dejado seducir como una verdadera estúpida. Al llegar a mi casa me dio un beso en el cachete y me dijo que me hablaría. Yo subí de inmediato a mi cuarto y luego me metí al baño y me bañé. Cuando se me había bajado el alcohol empecé a sentirme asqueada conmigo misma. No entendía qué había sucedido. Al día siguiente me sentí aún más extraña. Lloré muchísimo desde que me desperté. Creo que no había llorado así desde niña. Me dolía el cuerpo, pero mucho más el hecho de que no tenía a nadie con quien hablar. A mi madre la sentía tan lejana y con mi abuela sería imposible hablar de eso. Me sentí muy sola. Deseaba muchísimo que regresaran mis amigas para contarles. Había leído historias así en las revistas, pero jamás pensé que me podría pasar a mí. Mi primera vez había sido con alguien a quien yo no quería.

XXI

Pola regresaba el 31 a mediodía y le dejé un recado para que me hablara en cuanto llegara. Quería saber también si no tenía un plan para el Año Nuevo. No quería quedarme en mi casa. Cuando llegó me habló por teléfono. Le dije que me urgía verla. Lía al parecer llegaba de Los Ángeles el 2 de enero y Manuela se había adelantado y estaba ya en México, sólo que en casa de su hermana, que estaba casada. Le hablé al celular y quedamos de vernos las tres en Perisur, en el lugar de siempre.

Les conté y se quedaron calladas. No sabían qué decir. Pola me miró con compasión y Manuela dijo que Fero era un seductor serial. Me sentí peor porque sabía que ellas eran vírgenes todavía. Había ya una línea que nos dividía y lo sentí de inmediato. Manuela me dijo que con los hombres se valía jugar pero nunca caer. Ya no me incluyeron en su plan de festejo de Año Nuevo. Al día siguiente ya no supe de ellas.

Pasé el 31 en casa reflexionando sobre mi año y mi conclusión no fue muy buena.

Cuando regresó Lía seguramente le contaron Pola y Manuela o le contó Richie, no lo sé. No tuvieron que decírmelo, estaba expulsada de las reinas. Me había convertido en una zorra de un día para otro.

Justo antes de regresar a clases, sin embargo, aparentemente Lía tuvo un cambio de parecer y decidió hablar conmigo. Me citó en Altavista y me dijo que la había decepcionado mucho y además la había puesto en una situación muy incómoda con Richie porque él le había reclamado que si su súper amiga, o sea yo, podía tener sexo con su amigo a quien acababa de conocer, cómo podía ser que ella, comprometida con él, no quisiera hacerlo. Me quería preguntar cosas sobre el sexo. Me dijo que ella no era virgenvirgen porque con Monroe había experimentado un poco pero nunca hasta llegar *all the way*, a la penetración, pero que eso era algo que yo no podía decirle nunca a nadie.

Me dijo que a partir de ese día las cosas cambiarían. Las reglas serían distintas. Podría salir de la escuela con ellas, me dijo Lía, para salvar mi reputación, pero que por la situación con Fero ya no podrían salir conmigo en las noches, sería incomodísimo. También era porque necesitaban a una quinta para ser las cinco fantásticas, pero después de las horas de clases ya no habría contacto con ninguna. Tampoco después de la graduación nos veríamos jamás. Había una gran diferencia entre ellas y yo, me dijo, al parecer tenemos valores distintos: "Las reinas son reinas siempre. Tú dejaste de serlo. Lo siento, Pam".

Supe que ese arreglo duraría poco. Hablarían de cosas que yo no entendería, estaría fuera del círculo y del juego, sería una farsa mayor.

Esa noche me habló Fero, lo cual me sorprendió porque juraba que nunca más iba a saber nada de él. Me invitó a una fiesta y accedí. Ya no tenía nada que perder.

Pensaba que lo único que yo había querido era ser aceptada y querida y eso me había llevado a cometer muchos errores, pero que ya no había vuelta atrás. Estaba tristísima. Pensaba en Pablo y en cómo lo había dejado ir. Seguramente ya era demasiado tarde para recuperarlo y él estaría furioso y confundido sobre quién era yo en realidad. Sentí que, además de traicionarlo a él, me había traicionado a mí misma. Me había estado mintiendo durante mucho tiempo.

Le pedí permiso a la abuela y me dijo que quería conocer a Fero antes de que saliéramos. Cuando llegó Fero, Mari lo hizo pasar a la sala y la abuela lo recibió. Escuché cómo platicaban y cuando bajé, muy arreglada, vi que ella estaba muy satisfecha con él. Fero tenía veinticuatro años y mucha experiencia. Sabía bien cómo tenía que comportarse con la gente grande.

Salimos y me dijo que me veía guapísima. Yo estaba muy callada y no quería hablar de nada, mucho menos de lo sucedido la otra noche. Cuando llegamos a la fiesta me presentó a sus amigos y después me llevó a un cuartito donde me empezó a besar. La verdad es que yo ya no sabía qué hacer, ni cómo comportarme, ni si regresarle los besos, que la verdad ya sobria no se me antojaban. No sabía cómo pedirle tampoco que me regresara a mi casa de inmediato.

Al volver a la fiesta me sentí muy chiquita, como una niña en medio de gente muy grande y grotesca. Miré todo lo que me rodeaba como si fuera irreal. Me acerqué a Fero mientras platicaba con otra chava y le pedí que me llevara a casa, pero me ignoró, así que le pregunté a la chava de la casa su dirección y llamé a un taxi desde mi celular. Cuando llegó el taxi ni siquiera me despedí de Fero. Me quedaba clarísimo que yo no le importaba nada. En el camino, en el taxi, me miré en el retrovisor y dije en voz alta: "Ya basta". El taxista no entendió y yo sólo me reí, mientras que en mi interior mi mente daba miles de vueltas y mi corazón latía a mil por hora. Yo sólo quería llegar a mi casa, para estar a salvo y no volver a salir nunca. Sentí que había perdido algo y que sólo así tal vez podría volver a recuperarlo.

XXII

A la mañana siguiente, después de no haber dormido casi nada, dando vueltas y vueltas en la cama, y el techo dándome vueltas y vueltas a mí, le escribí a Pablo y le conté todo, absolutamente todo, porque necesitaba contárselo a alguien. No sabía si él entendería, si me rechazaría o me odiaría o no, pero consideraba que él y sólo él podría entender mi situación. Justo antes de enviar el mail dudé si hacía bien al enviarlo, pero lo hice de todas formas. Una vez más ya no tenía nada que perder.

Me pasé un rato largo sentada frente a la computadora, sintiendo náuseas y un cansancio enorme. Después decidí hablar con Jennifer. Estaba en su cuarto y me acerqué a tocarle a la puerta, pero no me atreví y me regresé a mi cuarto. Me eché en la cama, de pronto me sentí agotada y me quedé dormida. No sé cuánto tiempo pasó hasta que sentí que alguien me hacía cariños en el pelo y cuando abrí los ojos me encontré a Jennifer mirándome con ternura.

Me senté, la abracé y lloré en sus brazos como creo que no lo había hecho nunca, ni siquiera de niña. Su olor a jabón neutro me pareció el olor más delicioso del universo, después de haber estado rodeada de perfumes caros que encubrían tanta putrefacción. Empecé a hablar, a decir muchas cosas sobre lo que había deseado, lo que me había sucedido desde esa noche en San Miguel, en la cena en que Alex había anunciado que nos marcharíamos, de Dago y Ximena y de cómo no entendía que ya no fuéramos amigos todos como en la primaria. De que quería saber qué se sentía que alguien te admirara y tener amigos y reírse a carcajadas. Le conté de los horrores de la nueva escuela, de cómo me habían aceptado las reinas, de la gente que había conocido, de la muerte de Hannah y cómo había reaccionado Lía, de Fero, de lo que pasó con él, de los e-mails de Pablo. De que ya no sabía qué quería hacer o ser. De cómo sentía que lo había arruinado todo y si había manera de recomponerlo. De que mi espíritu había cambiado, que de tanto fingir me había empezado a convertir en alguien horrible. Hablé durante dos horas, creo, y Jennifer me hacía cariños en el pelo. No parecía sorprendida, ni shockeada por lo que le platicaba. Cuando terminé seguía llorando y ella sólo me abrazó muy fuerte y decía: "Lo sé, lo sé. Te entiendo, mi amor, y te quiero siempre".

El lunes siguiente, cuando regresé a la escuela, sentí que todo había cambiado. No me vestí diferente, ni me maquillé diferente, ésa era ahora mi forma de verme a mí misma y eso no tenía por qué cambiar, pero mi percepción de esa zona de guerra llamada preparatoria ahora era muy distinta a cuando había entrado por primera vez por las puertas rojas del colegio, con ese anhelo tan grande de pertenecer al grupo de los populares e ignorando que existía algo más en el mundo. Iba a clases y ponía atención cuando decían algo interesante. Ya no me importaba participar, incluso un par de veces llegué a alzar la mano y contestar cuando sabía la respuesta. En el *homeroom* me comportaba como si nadie existiera. Me sentí orgullosa cuando fui al patio a la hora del descanso por primera vez con mi sándwich y me senté a comer y a leer un libro yo solita. De hecho, lo gocé muchísimo. Todos me miraban, lo sabía y me imaginaba a Lía furiosa, porque yo había roto otra más de sus preciadas reglas. No me importaba. Volvía a ser yo. Supe, por los rumores que se escuchan por allí siempre, que Lía, al saberse traicionada por mí, o sea, al ver que no había aceptado yo su arreglo, había entrado a "La jaula" a escribir cosas terribles. Lo chistoso fue que las chachalacas me empezaron a hablar, los chicos se me acercaban de forma más natural, y yo empecé a ser amable con todos, no porque necesitara su amistad —había comprobado que no me daba pena sentarme sola en el patio con un libro—, sino porque realmente lo sentía. Empecé a tener conversaciones con la gente antes de las clases y Dante resultó ser un fantástico compañero en Derecho porque al estar por fin desmitificada, me convertí en una chava normal para él. Sólo le interesaban las imposibles y, como ya no era imposible, ya no le interesé como antes. Me dio un poco de ternura porque entendí que lo que buscaba en las cinco fantásticas era a la chica preciosa que había perdido, o sea, a Hannah. Entendí que el reinado del terror sólo se lo creían ellas y mi separación del clan había cambiado, aunque fuera un poco, el orden mundial de la escuela. Había renunciado al reinado por el bien de los demás. Monroe y su clan me seguían hablando como siempre y me sentí más contenta en la escuela que nunca antes. Sin amigas, pero muy tranquila.

Pablo no contestó mi correo, pero lo entendía. Pasaron varios meses así. Empecé a preocuparme por las clases y por volver a leer las cosas que me interesaban. Entendí que siempre había sido bonita, pero ahora veía algo mucho más atractivo en mí que era la humildad de saberme igual de vulnerable y real e incluso a veces mucho más tonta y crédula que la mayoría de las chavas. Había echado todo a perder por un deseo simple de ser aceptada y querida fingiendo ser alguien más. Eso me había hecho reflexionar. Me sentía como si perteneciera por fin al mundo real.

Con mi madre mejoraron las cosas muchísimo a partir de esa conversación. La empecé a acompañar a ver casas y departamentos. Me contó que las cosas con Alejandro estaban muy tensas y platicamos de eso. Le di algunos tips de belleza para que mi padre se sintiera otra vez atraído por ella y se puso a dieta. Encontramos un lugar cerca de la escuela donde ella podría ir a caminar todos los días para hacer ejercicio. Un pequeño bosque en Tlalpan al que íbamos juntas en las mañanas. Ella se regresaba caminando a la casa. Todo empezaba a marchar mejor.

En abril fue mi cumpleaños número dieciocho y lo festejé en casa. Durante la comida, todos estaban de buen humor. Mi abuelo me preguntó por enésima vez si ya había tomado alguna decisión sobre qué carrera iba a elegir y en dónde, y les dije que me estaba llamando mucho la atención la de Arquitectura, por ser una combinación de matemáticas con algo creativo y artístico. La abuela y el abuelo sonrieron y sacaron sus regalos. Me habían comprado un anillo muy lindo con un pequeño diamante y un libro de arquitectura de la Ciudad de México. Mi madre me regaló un disco de hip-hop y mi padre una playera muy sexy de Bershka. Las cosas realmente estaban cambiando.

Algunas semanas después de mi cumpleaños, Pola se me acercó y me saludó bien, me dijo que Lía estaba insoportable desde lo que había pasado conmigo y que era sabido que Richie estaba saliendo con alguien más, pero que Lía no quería hablar para nada de esos rumores. "Manuela y yo te extrañamos mucho", me dijo Pola y le creí. No eran malas esas dos, no como Lía. Pero al mismo tiempo me daban ya un poco de flojera porque seguían las reglas de Lía y tanta tonta y falsa perfección. Ellas tendrían que encontrar su propia forma de ser algún día y me imaginaba que eso sucedería en la universidad. Me preguntaron si me habían llamado para el *casting* y les dije que sí.

Una semana antes, me habían llamado de parte del chavo del *casting* de la telenovela de Televisa para invitarme a un *casting* para un comercial. Pola me dijo que Manuela y ella iban a ir y que fuéramos juntas las tres. Le dije que sí y nos despedimos con tres besos en la mejilla, para ser diferentes.

XXIII

En el *casting* me fue muy bien y me llamaron para un *call-back* al día siguiente. No me dio pena porque ya casi nada me daba pena después de todas las estupideces que había hecho. Después de todo, me había relajado. Allí sólo tenía que decir mi nombre y mi edad y darme una vuelta para que me vieran de perfil. A Pola y Manuela también las llamaron. Era un comercial de papitas y sucedía en un antro. A los cuatro días me hablaron y me dijeron que me presentara a las seis de la mañana del sábado. Me iban a pagar bien y me sentí feliz. Tenía que ir a una prueba de vestuario al día siguiente. La filmación fue todo el sábado en un antro en la Zona Rosa. Manuela pasó por mí muy temprano y lo agradecí porque yo no sabía todavía cómo moverme por la ciudad más allá del sur.

En realidad no era lo que me imaginaba. Había muchísimos extras como nosotras y teníamos que bailar un poco. Lo hice lo mejor que pude, aunque en realidad descubrí que no necesitaba hacer gran cosa, más que medio moverme y sonreír mucho. La filmación duró once horas, hubo momentos realmente aburridos porque no había nada que hacer. Yo platiqué con Manuela y Pola y leí mi libro. A la hora de la comida se acercó el director para platicar con nosotras, pero cuando le vi la intención de ligador, yo le dije que me disculpara, que tenía que salirme del set para hablarle a mi novio. Me paré de la mesa y creo que entendió rápidamente que no me interesaba. Pola y Manuela se rieron y tampoco le hicieron mucho caso.

Así pasaron las horas y descubrí que, aunque pagaban muy bien, realmente ni el modelaje ni el trabajo de extra eran lo mío.

El lunes siguiente Pola y Manuela no se me acercaron en el *homeroom* y las entendí, no querían hacer enojar a Lía.

Todo el mundo hablaba de la fiesta de graduación, pero yo no estaba segura de si querría ir o no. La fiesta sería la noche después de la ceremonia de graduación en la escuela. Algunos estaban planeando un viaje y otros, los subgrupos rechas, preguntaban abiertamente que por qué querrían festejar con gente a la que odiaban. Faltaban todavía dos meses, pero era el tema de conversación y lo que le preocupaba a la mayoría. Empecé a hablar con algunas de las chachalacas y a conocer sus nombres. Nunca me invitaron a comer ni a hacer nada con ellas después de la escuela, pero a veces platicaban conmigo antes de las clases o me preguntaban algo de las tareas. Descubrí que eran bastante listas y muy francas. Con algunas excepciones, de chavas realmente mala onda de su grupito, como la que hizo el comentario de *Heathers*, todo lo que había creído sobre ellas era falso. El reinado incluso no era tan poderoso como creía Lía. En gran medida todo estaba en la cabeza de las reinas. Una de las chachalacas que mejor me cayó se llamaba Andrea. Ella estaba pensando estudiar Arquitectura y me dio una cátedra sobre a qué universidades debía mandar una solicitud. Sin embargo, después de leer el libro *Cartas a un joven médico* que me habían regalado Alex y Jennifer en Navidad, recordé las razones por las que se me había antojado siempre estudiar Medicina y empecé a retomar la idea.

En la clase de Civismo, el profesor Jameson llevó como invitada a una chava que trabaja en una ONG de derechos humanos. La chava nos habló sobre las mujeres, como grupos particularmente vulnerables a violaciones de sus derechos fundamentales. En muchos países, nos contó, las mujeres son tratadas aún como mercancía. Las muertes de las mujeres no son consideradas como pérdidas. En la India, las mujeres casadas cuyas familias no han podido pagar las dotes completas a las familias de los esposos son asesinadas. En muchos países africanos e islámicos las mujeres son mutiladas para que no sientan ningún placer sexual. En algunos países islámicos, las mujeres son apedreadas por crímenes que si fueran cometidos por hombres no serían penalizados. Así continuó contándonos muchas historias que me dejaron muy impresionada. Sobre todo me impactó saber que eso sucede en el mundo de ahora, no en libros de historia sobre el medioevo o en la literatura. Eso es real.

Me quedé pensando en cómo incluso en mi escuela en México somos tan poco solidarias con nuestro género cuando deberíamos, por el contrario, pensar un poco más en protegernos las unas a las otras. Es un mundo difícil para las mujeres y nosotras lo complicamos más.

El tema, sin embargo, no causó tantas inquietudes en mis compañeras y compañeros de clase. La fiesta de graduación era todo lo que ocupaba la mente de la mayoría. Cuando les pregunté a las chachalacas que me caían bien si irían a la fiesta de graduación, respondieron que por supuesto que sí. Lo dijeron con mucha emoción. Casi todas, me enteré después, tenían novios que no iban en nuestra escuela, algunos eran chavos más grandes y otros de prepas distintas. No sé por qué esto me impresionó mucho. Era como si hubiera creído siempre que únicamente las chavas populares y guapísimas podrían ser queridas y tener novios. Sin embargo, en el caso de Vania, Pola y Manuela, siempre estaban solas. La única de las reinas que sí tenía novio, o sea Lía, se había enamorado de un tipo fatal. Mientras tanto, las famosas chachalacas, chavas normales de todas las formas y colores pero sobre todo simpáticas y listas, sí tenían novios y se la pasaban muy bien y con mucha libertad. Ésa era la vida real y todo resultó ser una enorme sorpresa para mí.

XXIV

Pasaron tres semanas y llegó el día en que saldría el comercial por primera vez al aire. La verdad es que después de todo lo que había pasado no sentí mucha emoción. Me emocionaba mucho más pensar en ir a la universidad y en empezar la carrera de Medicina. Terminé de llenar la solicitud para la UNAM, la mejor opción para mí por muchas razones, pero sobre todo porque de mi escuela había pase directo y no tenía que hacer el examen de admisión.

Luego me conecté a internet para bajar algunas canciones. Cuando me metí a mi correo vi que había un e-mail de Pablo. Estaba titulado "El D.F., un café, tú y yo", pero el mensaje estaba vacío. En eso tocaron la puerta y no sé como, pero lo supe de inmediato: Pablo estaba allí afuera tocando mi timbre. Mi cuerpo entero empezó a temblar. Miré mi *outfit* y me di cuenta de lo ridícula que me vería, después de meses de imaginarme como la recha padre y extraña que había sido. Decidí no cambiarme. Decidí que ya no podría fingir más.

Bajé rapidísimo las escaleras, lo vi y corrí a abrazarlo. Al principio estaba muy frío, sacado de onda, mirándome mucho, tratando de reconocerme, pero después se rio y me dijo: "Mírate nada más, una reinita tal cual". Nos reímos, yo muy apenada y tratando de bajarme la mini lo más que podía, pero finalmente después de mirarnos un ratito como tontos, nos fuimos a la sala a platicar. Estaba en México para quedarse, tenía ya suficiente dinero y empezaba ese mes con un curso de verano en el conservatorio. Estudiaría composición y piano. Me daba tanto gusto verlo, sentía mucha emoción y felicidad de tenerlo frente a mí y así lo expresé, aunque él siguió distante siempre. Hablamos de mi correo y me dijo que tuvo que leerlo varias veces. Al principio sintió un coraje terrible y después celos y después ya no sabía qué, pero que al final había entendido por qué le había contado a él y a nadie más. Me miraba intrigado, lo sabía, el cambio en mí había sido radical. No sabía si ya no le gustaba. Me hizo muchas preguntas, muchísimas, y traté de contestarlas lo mejor que pude. Al final le dije que lo quería. Lo dije sin miedo. Sonrió tímidamente pero no me contestó nada. Pablo vivía cerca, en Coyoacán, y compartía un departamento con otros dos chavos. Uno de San Miguel y otro de Celaya. Dijo que eran buena onda y me caerían muy bien. Eso me dio un poco de esperanza, ya que mostraba que pensaba, por lo menos, darme la oportunidad de conocer su vida en el presente.

Pablo no se quedó mucho tiempo, pero cuando se fue yo no paraba de sonreír. Sabía que Pablo era el novio que siempre quise tener y que tendría que hacer un gran esfuerzo para que me llegara a querer otra vez.

Además de que había muchas cosas de él que me encantaban, era una persona real, muy real, y yo quería estar rodeada, desde ese momento en adelante, de pura gente así. Estaba decida a reconquistarlo.

En esos días mis padres por fin encontraron un departamento que les gustó a ambos. Nos mudaríamos después de mi graduación porque necesitaban hacerle algunos arreglos. Estaba en la colonia Roma, más cerca del trabajo de Alejandro, para que mi padre pudiera ir a comer a la casa todos los días. Sabía que en parte sus problemas se debían a que casi nunca se veían y a que mi madre ya no soportaba estar bajo el dominio de la abuela. Me gustaba la idea de ser "romana" y aunque la universidad me quedaría lejos, los abuelos decidieron regalarme el coche que había estado usando (y que había chocado), así que tendría cómo moverme cuando entrara a la universidad.

Mi abuela me preguntó por Fero un par de veces, pero yo no le contestaba nada, hasta que se dio cuenta de que era un tema del que no quería hablar y dejó de insistir.

XXV

El plan era sencillo y a la vez requeriría de una estrategia y mucha perseverancia. Sabía perfectamente que Pablo podría rechazarme después de todo lo que había sucedido, pero tendría que intentarlo. A Pablo no le importaba si llevaba ropa de última moda o no, o si salía en comerciales en la tele o no. Esas cosas para él no eran significativas, ni le daban valor a la gente. Tampoco era cuestión de comprarle miles de cosas o mandarle flores, porque eso a él sólo le daría risa. Lo que sí le importaba era que yo fuera una chava noble, sencilla y honesta y sobre todo que lo quisiera a él y sólo a él, como esperaría cualquiera. Entendía su decepción. Después de haberme confesado que me quería, de haber llegado a ser algo muy especial para él, le dejé de escribir durante mucho tiempo y el siguiente correo que recibió de mí fue una larga confesión con cosas que él jamás se hubiera esperado y que le dolieron mucho. Así que tenía que lograr que confiara nuevamente en mí. Pasé varios días reflexionando sobre qué hacer, hasta que le di en el clavo. Fui a cobrar el dinero del comercial, con un recibo de honorarios que me prestó mi madre y a depositar el cheque en mi cuenta. Recuerdo la sensación que obtuve al saber que era el primer sueldo que había recibido de adulta y eso me llenó de satisfacción. Después me fui al salón de belleza a retocar el tinte rubio porque la verdad es que me gustaba cómo me veía y no tenía ninguna intención de cambiar en ese sentido. Ser inteligente no tenía que ser incompatible con que me gustara mi apariencia y me cayera bien cuando me mirara en el espejo. Pensé en Hannah.

Recordaba vagamente dónde me había dicho Pablo que vivía y fui a darme una vuelta para ver si por casualidad lo veía, pero las posibilidades de eso eran remotas y no tenía manera de saberlo.

No me había dejado ni un número de teléfono ni otra forma de localizarlo más que por mail y no quería escribirle de nuevo. Lo que necesitaba era acción.

Recordé algunas de las conversaciones que habíamos tenido por el chat y de un mail en particular en el que le pedía que me describiera una cena ideal. Me había dicho que indudablemente tenía que consistir en una pizza margarita, una ensalada griega y de postre una galleta de la suerte.

Regresé a la casa y hablé al 040 para pedir el número de teléfono del conservatorio. Me lo dieron. Llamé entonces al conservatorio para pedir la dirección y los horarios de las clases de verano. Supe que saldría de la escuela a las seis de la tarde.

Al día siguiente, un día de clases normal, salí de la escuela y me fui a un lugar de sushi a comprar galletas de la suerte. Había hecho ya la reservación en el restaurante que quería y tenía que ir a mi casa a hacer rápidamente el mensaje para lanzarme a Coyoacán a encontrar a alguien que se lo entregara antes de que terminaran las clases. Saqué el mensajito que venía dentro de la galleta con pinzas para depilar las cejas y medí el tamaño del papel. Después de imprimir mi mensaje con la misma tipografía que tenían los mensajitos de las galletas de la fortuna del sushi, lo corté e introduje el nuevo mensaje en la galleta. Después sellé el papel celofán en el que venía la galleta original con mi plancha de pelo y lo metí en un sobre que llevaba su nombre escrito con letras recortadas de un periódico y lo miré. Me sentí nerviosísima, pero estaba listo. Había hecho un gran trabajo, digno de una gran futura cirujana.

El mensaje se veía así:

Lo que más te conviene esta noche de luna nueva es una visita, a las ocho en punto, al restaurante La Posta en la calle Pacífico, a dos cuadras de la plaza de la Conchita en Coyoacán.

XXVI

Llegué al conservatorio justo a tiempo. Eran las cinco de la tarde y podrían entregarle el mensaje a Pablo aun si las clases terminaban un poco más temprano. Se lo entregué a la recepcionista y miró el sobre con una sonrisa de complicidad. Le pedí que por favor se lo entregaran a Pablo y que si él llegara a preguntar quién lo había llevado, describiera a alguien muy distinto de mí. Supe de inmediato que lo haría porque sonrió mucho. La gente del conservatorio me empezaba a caer bien. Se respiraba un aire relajado y de gente feliz y un poco extraña, como yo, como Pablo.

Regresé entonces a mi casa y me arreglé un poco, aunque no tan cuidadosamente como antes. Sabía que esa noche no se trataba de mi apariencia, sino de hacer algo para convencer a Pablo de mi arrepentimiento y de que realmente lo quería.

Lo esperé muy pacientemente desde quince minutos antes de las ocho. Le pedí al mesero que al final de la cena llevara todas las galletas de la fortuna que había metido en una canastita con una carta que había escrito la noche anterior. Mi madre me había ido a comprar la canastita al mercado de Tlalpan en la mañana y me había mirado con curiosidad cuando se la pedí, pero yo sólo le dije que si resultaba mi plan entonces le contaría y que si no resultaba, tendría que soportar a una hija melancólica un buen rato. Mi madre sólo me miró y me dio un abrazo enorme, como era ella.

Eran las ocho y veinte y Pablo no llegaba. Me puse como límite esperar hasta el cuarto para las nueve. Cinco minutos después lo vi llegar en su bicicleta. Me sentí muy emocionada —me imagino que se notaba—, pero él llegó con una actitud muy graciosa y rápidamente dejé de estar nerviosa. Me miraba todavía con curiosidad y sin saber si podía confiar en mí del todo. Yo sabía que seguía y seguiría dolido.

Pero Pablo, con su buen humor y siempre tan lleno de ideas, logró que platicáramos durante la cena animadamente y nos llenamos de pizza margarita y ensalada. Se sentía muy bien comer como gente normal y ya no preocuparme por la dieta. Era como si fuera una fiesta estar allí con él. Cuando llegaron los cafés y las galletas, Pablo me miró, se acercó y me besó. Sentía la cara muy caliente y me sentí otra vez muy inocente. Una sensación novedosa. Era la primera vez que me besaban con amor.

P. D. / M. D.

Todo esto que te acabo de contar sucedió hace dos años. Aunque a veces siento que fue hace mucho más. Miro hacia atrás y lo veo todo como si le hubiera sucedido a alguien que no era yo. Supongo que así pasa con la memoria y con las cosas que va uno aprendiendo (a veces sólo a través de las experiencias más difíciles). Las asimilas, pero también cuando las cuentas las revives de manera menos dura, con más tranquilidad. Ahora vivo una realidad muy distinta. Estoy en la universidad. Voy a la facultad de Medicina de la UNAM y paso todo el día allí —desde la mañana hasta que oscurece— porque a veces tengo que ir a la biblioteca a sacar libros o a investigar cosas sobre las que quiero saber más. Soy feliz aquí, a pesar de la cantidad de trabajo que nos dejan, y a veces me duele la espalda porque tengo que cargar miles de libros; muchas veces me vuelvo loca con todo lo que me tengo que aprender de memoria. Sin embargo, me apasiona y me divierte mucho estudiar y leer tantas cosas nuevas sobre el ser humano y su capacidad de sanarse. En la universidad todos son muy distintos entre sí y eso me gusta. He aprendido a apreciar las diferencias y a celebrarlas. Ya no creo en la "normalidad". Entre semana, en las noches, Pablo va a mi casa, cenamos y platicamos. Si no hay demasiado trabajo, o es viernes, vemos una película o jugamos algo. A veces bailamos como nos gusta, solos, sin nadie más que nos observe. Cuando tenemos mucho trabajo en la escuela, nos dedicamos a lo nuestro pero, por lo menos, nos acompañamos. Es mi mejor amigo además de ser mi chavo. Muchas veces los fines de semana invito a mis amigos de la universidad a ver a Pablo en un lugar en la Zona Rosa, donde toca con su nueva banda. Se llaman La revancha de los Sánchez y tocan covers medio jazzeros de muchas canciones, desde algunas de Simon and Garfunkel (que siempre me dedica a mí) hasta Pink Floyd, pasando por los Beatles, AC/DC, Radiohead y Franz Ferdinand. A mis padres les cae muy bien Pablo de grande, tanto como les caía bien de chiquito, cuando iba con sus papás a visitarnos a nuestra casa en San Miguel. Platican de muchas cosas, y Alex y él comparten el interés por la historia y las novelas rusas. Creo que a Alex le da gusto que haya un hombre más en nuestra pequeña familia.

Alejandro y Jennifer están más contentos que antes. Ya no discuten, o por lo menos ya no tanto. La verdad es que Jennifer ahora se ve muy contenta y muy bien. Me dijo un día que entendía que el hecho de ser una persona bondadosa y espiritual no significaba olvidar que debía ser guapa y atractiva para Alex. Está pintando cosas increíbles, y ya hasta vendió uno de sus cuadros en una galería en San Ángel que aceptó tenerlos allí en consignación.

La semana pasada se fueron solos de vacaciones a la playa para descansar y festejar el aniversario del día en que se conocieron y a mí me mandaron a casa de los abuelos esos días. La verdad es que también los gocé mucho porque entiendo ahora quiénes son los abuelos y de qué mundo vienen. No permito, sin embargo, que la abuela diga nada malo sobre Jennifer y creo que ya entendió por fin que mi lealtad primera es con mis padres.

La ceremonia de graduación fue muy formal y no creo que la recuerde después como algo memorable en mi vida, aunque tanto la abuela como Jennifer lloraron mucho. Se entregó el anuario, hecho por algunas de las chachalacas que me caían bien. Tuvieron un detalle muy bonito porque le dedicaron el anuario a Hannah. Pusieron una foto donde se veía muy linda y sonriente para que todos la recordemos así.

A la fiesta de graduación fui con Pablo y bailamos como locos toda la noche. Nos la pasamos realmente bien. Saludé a Pola y Manuela, que iban con unos chavos del salón. Se veían guapísimas pero, sobre todo, liberadas. Vania había ido a la fiesta con un chavo de su colonia y se veía contenta y bonita. Tenía ganas de hablar con ella, de decirle todo lo que nunca le había dicho. Sabía que si no lo hacía ese día, probablemente ya nunca se daría la oportunidad. Vania se iba a Suiza a un colegio para señoritas y quizá nunca la volvería a ver. Me acerqué y le dije que se cuidara mucho, que sentía mucho no haberla defendido de Lía. Me miró como si no entendiera bien al principio, y al final me dijo: "No te preocupes, Pam", y me contó de su viaje a Europa y de cuánto le gustaba el chavo con el que fue a la fiesta. Se veía realmente contenta. Empezaba un nuevo mundo para todas ellas también. Lía fue con Richie, pero él se aburrió y se fueron temprano. Nunca me saludó y vi que en algún momento miraba a Pablo con interés y un ojo burlón. Para ella, en su memoria yo siempre seré una enorme decepción y tal vez "otra *loser* más". A mí ya no me importaba. En apariencia tal vez ella sería siempre mucho más guapa y perfecta que yo, pero yo sin duda me la pasaría mejor.

Espero cosas padres del futuro, ya no la fama ni el éxito, pero sí espero hacer algo bueno y original de mi vida. Algún día iré de vacaciones a San Miguel y ya no me importa mucho si veo o no a Dago ni si él me ve a mí. Me gustaría, sin embargo, comer un helado de pétalos de rosas con Pablo y pasearnos por el zócalo de la mano.

En cuanto a Pablo, espero que duremos muchos años y aun si la vida nos separa, por lo menos tendré la tranquilidad de saber que aprendí a querer a alguien y que alguien me quiso mucho a mí, así, con mi historia, a veces feliz y a veces triste, a veces chistosa y a veces seria. A mí, a Pamela Montes Campbell (sí, como las sopas), tal como soy.

Aquí acaba este libro
escrito, ilustrado, diseñado, editado, impreso
por personas que aman los libros.
Aquí acaba este libro que tú has leído,
el libro que ya eres.

Esta obra se terminó de imprimir en el mes de Agosto de 2019,
en los talleres de Grupo Editorial Raf S.A. de C.V.
ubicados en Abasolo Núm. 40, Col. Sta. Úrsula Coapa,
Ciudad de México, C.P. 04650, Alcaldia Coyoacán.